四人の兵士

ユベール・マンガレリ
田久保麻理 訳

白水社

四人の兵士

1

ぼくはヴャトカ州のドロヴィツア出身だ。両親が死んでドロヴィツアを離れてからは、河のほとりのカリャジンで、オヴァネスの手伝いをしていた。材木を馬につなぎ、河岸《かし》から製材所まで運ぶ。それからウインチで巻きあげ、オヴァネスの操作する帯鋸《おびのこ》にのせる。夕刻には馬に燕麦《えんばく》をやり、寝藁《ねわら》を敷くという具合だ。

オヴァネスが貸してくれた部屋は、ズヴェーヴォ通り十六番地にあった。河に面した窓のある部屋だ。ぼくはベッドと敷物を持っていた。身の回りのものをしまう棚は自分でこしらえた。ぼくは天涯《てんがい》孤独で、まったくの独りぼっちだったから、夕食のときはいつも河を眺めていた。見えたのは流れをさかのぼる平底船。船体が夕陽を浴びてきらきらしていた。甲板に落ちる影は幽霊のようだった。

カリャジンを発つとき、ベッドと敷物と手製の棚はオヴァネスが買い上げてくれた。ぼくは汽車に乗って赤軍に入隊し、ルーマニア戦線で戦った。ぼくらは長い行軍をした。食べものは冷たい粥《カーシャ》と干魚で、寝るところは塹壕《ざんごう》のなかだった。

ぼくが所属していたドゥードロフ軍は、夏にはルーマニア軍から総退却をはじめていた。ひどい暑さだった。騎兵隊が赤い砂をもうもうと撒《ま》きあげる。衛生隊や輜重隊《しちょうたい》の運転手は、土手を歩けとぼくら歩兵をどなりつける。将校たちはちょっと足をとめ、片手で陽射しをさえぎりながら、なにか忘れ物でもしてきたようなそぶりで部隊後方に目を光らせていた。

そんなとき、ぼくはパヴェルと出会った。彼は塀のかげに隠れ、道からは見えないところで湯をわかしていた。缶にナイフを突きさし、それを取手にして火にかけていたのだ。そのあいだも部隊はどんどん先へ進み、砂埃を撒きあげていた。

ポケットからお茶を出すのが見えたとき、喉《のど》がカラカラだったぼくは、急に力が湧いてきた。ぼくは思わず声をかけた。

「よう、同志!」

彼がこっちに来いと合図した。ぼくはそばに行って彼の向かいに腰をおろし、二人で黙ってお茶を飲んだ。ぼくたちは同じ連隊に所属していた。道になんの物音もしなくなると、ぼくはいった。

「じき、ルーマニア人がくるぜ」

ぼくたちは出発した。追いついたのは縦隊のなかでもいちばん弱っていた一団だった。ひとりの騎兵が彼らの足を早めようと、まわりをぐるぐるまわっていた。軍帽からハンカチをたらし、首の日除けにしている。体じゅう赤い砂にまみれ、腹に拳銃を差している。彼はひっきりなしにこういった。

「いいか、おれにこいつを使わせるなよ、そんなことは神様だってお望みじゃないからな。前へ進め、もたもたするな！」

そうわめいては拳銃を腹から抜きとり、焼けるようだといわんばかりにふりまわす。まだ若い少尉で、いまにも泣きだしそうに見えた。ラバを手綱《たづな》で引いていたひとりの兵士が、たまりかねたようにいった。

「いったいなにをしたってんだよ。こうしてちゃんと歩いてるじゃねえか。銃なんか、さっさとしまってくれ、とやかくいわれる筋合いはねえよ」

将校が叫んだ。

「なんだと」

男が顔を伏せた。将校は銃をふりまわしながらそちらに近づいた。銃口をラバの首に押しつけ、引き金をひいた。ラバが前のめりにどさりと倒れた。手首に引き綱を巻きつけていた兵士は、ラバと背荷物に引っぱられていっしょにひっくりかえった。

将校は銃口を空に向け、兵士とラバを見下ろしていた。

「とやかくいわれる筋合いはねえだと、その言葉、そっくりお返しするぞ」怒り狂ったように叫ぶ。

兵士はラバの血だまりのなかであおむけに倒れていた。まっ黒な目で、彼は冷たくいい放った。

「人でなしめ」

兵士は自分の小銃を取ろうとしたが、銃は背中の下敷きになっている。彼はラバを押しのけ、そこから抜けだすとナイフを握りしめた。ちょうどそのとき、ぼくとパヴェルは、まるで心がひとつになったように二人そろって走りだした。そして、壕を降りて昇って道をはずれ、野原に駆けこんだ。

草の刈られたところが、谷のようになっていた。

野原の高台にたどりつくと、縦隊が地平線まで続いているのが見わたせた。ぼくたちがやりたかったのは、部隊を見失わずにともに東へ進むこと、そうすればルーマニア兵からも逃げられるし、道中のろくでもないことにも煩わされずにすむ。

足をとめて、ひと息ついた。

暑さがやわらぐとぼくはタバコを取りだした。

草の垣根のむこうで、鳥のさえずりが聞こえた。

ざらざらした砂を口からぺっと吐きだした。遠くのほうで、衛生隊やトラックのライトがちかちか光っていた。

ぼくたちはぐるりとあたりを見まわした。

そして二人でタバコをくゆらしながら、夕暮れの光を浴びてまた歩きだした。ぼくは、ほら、狩人のお帰りだよ、なんて考えてみた。パヴェルはなにもいわずに歩いていた。勘が鋭いのか、暗闇でも方角をまちがえない。ときどき深呼吸している。それからどれくらいたったのか、彼があるとき、ふといった。

「明日は道におりて隊に復帰しよう。バレないようにこっそりとな」

ぼくはいった。

「ああ、そうしよう。バレないようにこっそりとだね」

夜は明るく、地平線だけがくろぐろとしていた。ぼくたちは桑の木の下に毛布を広げた。

連隊にもどったのは明け方だった。その途中、道に近づきながらパヴェルがいった。

「これからも一緒にいようぜ」

「うん」

部隊はルーマニア兵から逃げつづけ、九月にはガリツィア行きのトラックに乗りこんだ。

ガリツィアにいたある夕方、ぼくたちは通りのまんなかで、パヴェルが民家から持ちだした椅子とテーブルでサイコロ勝負をはじめた。賭けをはじめたときから、同じ中隊にいたウズベク人がこちらを遠まきに見つめていた。肩幅のがっしりした大男だ。体つきは木樵《きこり》のように逞《たくま》しいが、ときどきちょっとオツムの弱そうな、ボンヤリした目つきをする。

こっちに来いよ、とパヴェルがいった。そして、タバコは持ってるか、と訊《たず》ねた。ウズベク人は持ってるとこたえ、そのタバコを賭けて一勝負させてほしいと申し出た。彼が家屋から椅子を取ってくると、ぼくたちは十回ほどつづけて勝負した。男はパヴェルに一本残らずタバコをまきあげられ、もう立ちあがる力もないといった様子でがっくりと椅子にうなだれた。パヴェルはにやにやしながらその様子を眺めていたが、しまいにはタバコを半分返してやった。相手の感激ぶりといったらなかった。あんまりうれしそうにするので、まるでやつのほうが賭けに大勝ちしたみたいだった。

パヴェルとぼくがねぐらにしている民家に入ると、ウズベク人はどこかにいなくなった。やがて荷物と小銃を取ってもどってきた彼はそのままそこに居座ってしまったが、ぼくたちは放っておいた。あくる日、彼はひとりで火を熾《おこ》し、自分の糧食でスープを作ってくれた。パヴェルとぼくが毛布にくるまったままスープを飲んでいても、窓から朝陽《あさひ》が射しこんできても、ウズベクの巨漢はボンヤリした目をこちらに注いだまま、ひとときも離さない。どうやらこいつは、なにがなんでもおれたちと一緒にいる気らしい。パヴェルが名前を訊ねると、男は顔を赤らめ、いくらかまともな目つきになってカミナリのような声をとどろかせた。

「キャビン！」

その日のうちに、村はポーランド人に奪還《だっかん》された。ヤロスワフ近郊には伏兵が置かれ、事態はぼくたちにとってふたたび悪化の一途《いっと》をたどった。

初雪のちらつく十月、ぼくたちは工場で命令を待っていた。命令が届くと指揮官はぼくたちを集合させ、われわれは前線を離脱し、森に退避する、小屋を作って春を待てと告げた。それでパヴェルとキャビンとぼくは工場をくまなく探索し、森のなかで役立ちそうなものを探しまわった。見つけたのは、一巻きの布だった。

翌日、ぼくたちは出発した。キャビンはずっしりと重い布をかついでいた。森にむかう途中で、またポーランド兵に遭遇《そうぐう》した。砲弾を避けて走らなければならないことも一度や二度ではなかったが、キャビンは決して布を放さなかった。


十一月初旬には森に入り、そのあとはひたすら奥へ踏みこんだ。寒さと強風で凍えそうだった。ぼくたちは頭からすっぽりと毛布をかぶり、そこから目だけ出していた。全員、ただ黙々と前進し、しんと静かだった。ラバと馬の体から、蒸気がゆらゆらたちのぼっていた。

パヴェルはひとこともしゃべらず、いつも遅れがちに歩いていたが、それはどんな小屋を建てようかと頭のなかでプランを練っていたからだ。

また雪が降りだした。キャビンはぼくの横をのしのし歩いていた。口は開けっぱなしで、あえぐように息をしている。ときどきぶるると体をふるわせて、肩の雪をはらった。

パヴェルがうしろから追いついてきて、小屋のアイデアが固まったぜ、といった。おれの考えじゃ、四人で小屋を建てるのがいちばんなんだ。キャビンとぼくはそれがいいよと口をそろえていった。ぼくたちはその話をだれに持ちかけようかと話しあった。中隊の連中をそれこそ山ほど検討し、最終的にはシフラ・ネダチーヌに声をかけに行った。シフラはすごく若い銃の達人で、騎兵用ブーツを履《は》いていた。なにか面倒を起こしたとか、その手の評判は一度も聞いたことがなかった。

ラバのうしろをひとりで歩いていたシフラは、近づくと怯《おび》えたようなそぶりをした。すかさず、おれたちと小屋を作って一緒に住まないかと声をかけたのはパヴェルだ。シフラははにかみながらも、うん、とこたえた。ぼくはみんなにタバコをふるまった。

ぼくたちは荒れ狂う吹雪にふるえながら三日間歩きつづけた。それから木を伐《き》り倒し、空き地をつくった。

小屋掛け作業がはじまった。降りしきる雪のなか、円形の空き地をかこんで三十棟の小屋が建てられた。

ぼくたちはパヴェルの計画どおりに小屋を建てた。キャビンは存分に力を発揮した。パヴェルとシフラとぼく、三人合わせてもかなわないほどだ。ほかの三人が一息入れているときも、キャビンだけは猛然と作業を続けていた。

小屋が完成したとき、空き地中央の焚《た》き火に照らしだされた家を、ぼくたちは誇らしげに見つめた。そして口ぐちにその出来栄《できば》えを讃《たた》えながらまわりをぐるりと一周し、四人そろってなかに入った。ぼくはそのとき、これでもう独りぼっちじゃないんだと思ったんだけど、その考えはまちがいじゃなかった。

2

ぼくたちはもう森にはいない。その冬がどれほど長く、厳しいものだったか、過ぎたあとでは思い出すのがむずかしい。馬とラバはぼくたちの食糧となり、仲間の多くが森のなかで死んだ。あるときは小屋が火事になって。またあるときは狩に出たまま行方《ゆくえ》不明になって。彼らを発見したのは、同じように狩に出た者たちだった。もちろん、見つからなかった者のなかには脱走者もいただろう。だが、ほとんどの場合は、道に迷ったまま凍死したのだと思う。

パヴェル、キャビン、シフラとぼくが元気で生きのびたのは、パヴェルのおかげだった。彼は四人のなかでいちばん抜け目がなく、創意工夫の才があるのだ。小屋の建て方は申し分なかったし、ドラム缶ひとつで本物のストーブを作ることもできた。部屋に煙がこもることもない、まぎれもなく本物のストーブだ。だがなんといってもすごいのは、排煙官を屋根に通すとき、どうすれば屋根に火が移らないかということまで考えていたことだ。というのも、火事で焼け落ちた小屋のほとんどは、そこが火元になっていたから。その部分にパヴェルが使用したのはブリキの瓦《かわら》で、それはもともとぼくたちの飯盒《はんごう》だった。彼はそれを切り取り、きたえなおしてから屋根の垂木に打ちつけた。おかげでぼくたちは自分の飯盒を半分犠牲にしたばかりか、仲間の分までかっぱらってくるはめになったんだけど。でも、ぼくたちは生きのびた。小屋が丸焼けになる夢をみて、夜、汗びっしょりで飛び起きたことも一度もない。

ガリツィアから森までキャビンが運んできた帆布《はんぷ》は、壁に張ってすきま風を防ぐのに使った。森には泥炭《でいたん》がなかった。枯れ木を探すには、毎日大量の雪かきをしなければならない。でも、生木を切って薪《まき》にすることにした連中は、ぼくたちほど暖かい思いはできなかっただろう。

そのひと冬は、雪かきと、ストーブの薪集めで日々を過ごした。ランプと灯油を持っていたので、夜はみんなでサイコロをした。ほかの連中はみんな退屈に苦しんでいたけど、そのランプがあったおかげで、ぼくたちはちっとも退屈しなかった。

春になると、小屋はすべて焼いてしまった。パヴェルとキャビンとシフラとぼくは、我が家が焼けおちてゆくのを悲しい気持ちで見まもった。出発が決まったからではなく、その小屋は数か月のあいだ、ぼくたちを暖め、命をつないでくれたからだ。

炎から遠ざかりながら、ぼくは胸のうちで両親を思い、心ひそかにつぶやいた。ほら、ぼくのことはもう心配しなくていいんだよ、ぼくは冬を越すことができたし、こうして仲間もできたんだから。

そして、ぼくらは森をあとにした。

3

ぼくたちは草原のまっただなかで、山積みになった鉄道の枕木に腰かけていた。線路はちょうど目の前だ。装甲列車がやってきた。何人かの兵隊がデッキから手をふり、腕の下ではたはたとシャツがゆれた。

野営地はそこからすぐのところにあった。ぼくたちの中隊はモミの林のはずれだ。うちの中隊長は、ぼくたちのすることにいっさい構わずにいてくれた。この人は無口な人だ。戦争の前のことはなにもわからない。ぼくが確信をもっていえることはひとつだけ。ほかのみんなが、道に迷って凍死したと思っていた者たちのことを、彼だけは脱走したのだと信じ、その望みを決して捨てなかったことだ。

ぼくたちはなにをするでもなく、ただ枕木に座っていた。冬が終わり、こうして腰かける場所を見つけてのんびりタバコを吸う、それだけのことが、ぼくたちにはたまらなくうれしかった。ときどき、空に渡り鳥の群れが見える。顔を上げ、北へ飛び去ってゆくのを見送る。もうすぐ、冬を過ごしたあの森を通過するんだな。みんな、そんなことを思っていたにちがいないが、だれも口には出さなかった。

タバコおくれよ、といつものようにキャビンがいう。自分の分はほとんど賭けですってしまうからで、これはガリツィアではじめてサイコロをしたときからのお約束のようなものだった。三人のなかで、いちばん気前がいいのはシフラだ。パヴェルとぼくもわけてはやったけれど、たいていはキャビンのほうから頼んでくるのを待った。タバコをねだるときのキャビンときたら、まるで子どもみたいなのだ。ほかのことでは子どもっぽいという程度だけど、タバコに関してはまったく子ども以外の何者でもない。

キャビンがいう。

「パヴェル！」

パヴェルが訊ねる。

「なにかご入用かな」

「タバコを一本、巻いてくれよ」

パヴェルはこたえず、じっと相手を見つめている。

「パヴェル、なあ、パヴェルったらよう」

「なんだよ、キャビン」

「聞こえなかったのか？　タバコおくれよ、なあ、頼むからさ」

ぼくはキャビンにいう。おまえにそんなふうにおねだりされるのが、パヴェルとぼくはたまらなく好きなんだよ。

4

枕木を降り、小銃をかついで野原を渡りはじめた。ぼくの前にはキャビンが歩いていた。パヴェルからタバコの葉っぱをちょっぴりせしめ、うれしそうにふかしているのが背中からもわかる。

ぼくたちは沼に向かっていた。

まもなく、大声でぼくたちを呼びながら、ヤソフが追いかけてくるのが聞こえた。ぼくたちと同じように丈《たけ》の高い草にはばまれ、なかなか前に進めない。それでもやっと追いついて、肩をならべて歩きだした。用件はわかっているので、だれも相手にしない。ヤソフはポケットから木彫りの手を取りだし、それをみんなに見せてまわった。みんな、どっと笑いだした。おそろしくごつい手だったのだ。

「なんで笑うんだ」

パヴェルがいう。

「そんなごっつい手、だれもほしくねえからさ、ヤソフ。そんな手じゃ、嫁のもらい手がないぜ」

「なんなら、もうちょっと削ってやってもいいけど」

パヴェルがいう。

「その手もろとも、とっとと失せろ、ヤソフ」

「そうだ、失せろ！」と、キャビン。

ヤソフはそれでもならんで歩きつづけた。あきらめの悪いやつだ。彼はしばらくのあいだ真剣な顔でその手をじっと見つめていたが、やがてふりかえっていった。

「なあ、やっぱり、かなり削ったほうがいいみたいだな、おまえのいうとおりだ」

キャビンが蒸気機関車みたいな、異様ななり声をあげはじめた。パヴェルとシフラとぼくも、その声色をまねた。なんだか機関車の製造工場にでもいるみたいだった。

ヤソフはようやく、手とタバコを交換するのを断念した。ぴたりと足をとめ、ぼくたちの背中に叫ぶのが聞こえた。

「おまえらみんな、バカばっかりだ！」

その声が野原の上に響きわたっても、ぼくたちは草むらを歩きつづけた。声はもう一度聞こえたが、前よりも小さな声だった。

「バカばっかりだ！」

ヤソフが女の手を彫りはじめたのは森にいたときだった。そいつを売っては、仲間の糧食をせしめていたのだ。たぶん、決まった相手がいないやつは、それを自分の相手だと想像したのだろうし、実際にいるやつは、その娘を思い出すことができたんだろう。

いま、ぼくたちに足りないのは、食糧より、やつもほしがっているタバコなのだ。

やつは最初のころ、すんなりしたきれいな手を彫っていた。だが抱いて寝るにはあまりにもほそすぎて、売り物のほとんどが折れてしまい、買った連中からどうしてくれるとドヤされた。そんなわけでやつはもっと頑丈《がんじょう》な手を彫るようになったのだが、頑丈に作った手はどうしても男の手のようになってしまう。キャビンの手だって、あんなにごつくはない。あんな手をした娘は、だれだって願い下げにちがいない。

さらに歩きつづけると、見えないうちから沼の匂いがしてきた。

その沼を見つけられたのはとてつもなく幸運なことだった。森を出てから、ぼくたちはすでに多くの時間をその場所で過ごしていたのだ。さしあたりは、ぼくたち四人だけで。でもいつか、隊のほかの連中にも見つかってしまうんじゃないかとひやひやしていた。そんなことになればどうしたってケンカは避けられない。ぼくたちは、やつらと沼を共有するなんて、まっぴらごめんだったからだ。

キャビンとパヴェルは膝のあたりまで水に入った。シフラとぼくは水辺に残った。ぼくら二人は水浴びが好きじゃないのだ。シフラはあおむけになって空を眺めていた。ぼくは腰まで水に浸かったパヴェルとキャビンを見つめた。二人のまわりでどろりと水が濁《にご》る。キャビンがそれをかきまぜ、きれいにしようとする。パヴェルがキャビンから離れてゆく。そのまましゃがみこみ、水の上に頭しか見えなくなる。

パヴェルとキャビンは水浴び、シフラはぼくのとなりで居眠り。こんなふうに過ごせる場所は貴重だ。なにしろ、明日はどこにいるのかわからないのだから。ぼくたちはもう森を出ていたし、冬は終わった。でも、ここで過ごせる日々があとどれくらい残っているのか、そのあとどこに遣《や》られるのか、先のことはだれにもわからない。戦争はいつ終わるとも知れず、作戦など教えられたこともない。でも、そんなことは考えないほうがいい。ぼくたちは幸運にも、この沼を見つけることができたのだ。

パヴェルとキャビンが泥だらけで岸にあがってきた。地べたに腰をおろし、日なたぼっこしながら体が乾くのを待つ。

ぼくたちは水の上で銃をぶっぱなしてみたいと思っていた。でも、そこは自分たちだけの場所にしておきたかったので、余計な音をたてて、他の連中の注意を引くのはやめることにした。

パヴェルとキャビンが腰をあげ、体じゅうをこすりだした。泥はすっかり乾き、二人のまわりに土埃が舞いあがった。

5

帰りは同じ道をたどった。枕木置場まで来ると、パヴェルとぼくは枕木を一本ひろって肩にかつぎあげた。キャビンとシフラも同じように一本かついで野営地へ向かった。

キャビンとシフラは前を歩いていた。パヴェルとぼくはだしぬけに走りだし、前の二人を追い抜いた。キャビンが叫ぶのが聞こえた。

「シフラ、シフラ！」

肩に枕木が食いこんだが、それでもぼくらは走りつづけた。すぐにキャビンとシフラの息遣いが聞こえてきた。迫ってきたのだ。抜かれそうになるとぼくとパヴェルは道の両端にわかれ、うしろの二人を枕木で妨害した。だが二人はそれをうまい具合に切り抜けた。さっと道をはずれ、気がついたときにはぼくらと並んで、草原を走っていたのだ。ぼくとパヴェルは顔を見合わせ、それから目の玉が飛びでるほど全力疾走した。枕木が肩にずっしりとめりこんだ。勝負は一瞬、互角となり、二組はまったく同じスピードで走っていたが、次の瞬間にはキャビンとシフラとその枕木がわずかばかりリードした。が、そのあと、キャビンが穴ぼこに足をすくわれた。彼がすっころんだとき、ぼくとパヴェルは、やつの頭上を枕木がふっとんでいくのを余裕たっぷりに眺めていた。ぼくたちはもう勝ったも同然だと確信し、速度をゆるめた。枕木を少し持ちあげ、肩を楽にした。

だが突然、右手にキャビンの姿があらわれた。片腕で枕木を抱え、ひとりで野原を走ってきたのだ。口を大きく開け、ひたすら前を見つめている。ぴんと張りつめたような顔は、真剣そのものだ。やつはまだ、勝負を捨ててはいなかったのだ。パヴェルとぼくもあわてて走りだしたが、そんなにスピードは出さず、やつの横につけたまま、余裕の笑いを見せてやった。キャビンは苦しそうな顔をしていた。体格も腕力も四人のなかでずばぬけていたとはいえ、ひとりで枕木を抱えていては勝ち目はない。しだいに速度を落とした彼は、ついに枕木を草のなかに放りだし、その場に立ちどまってしまった。

勝負あり。

6

前にもいったとおり、野営地はモミの林のはずれにあった。冬が終わるころ、小屋のなかでテントを作っておいたのだ。ぼくたちのテントは、ガリツィアの工場からくすねてきた帆布を縫い合わせたもの。広々としたテントで、中央では立つこともできる。支柱を作るとき、パヴェルは小枝の根元をわざと削らずに残しておいた。これも彼の工夫のひとつ。それが銃をひっかけるフックになったからだ。そうしておけば銃は湿ることもなく、手に取るのも簡単で、眠るときにも邪魔にならない。

ぼくたちは運んできた枕木をテントの前に据えた。パヴェルはそのあとキャビンを連れて野営地のどこかに出かけて行った。もどってきたとき、二人は木箱をひとつ抱えていた。ぼくたちは木箱を裏返して二本の枕木のあいだに置き、サイコロをやりだした。

キャビンはタバコを少し、シフラからわけてもらっていた。

彼はその刻みタバコを、五、六本の細い紙巻きにした。そのうちの一本に火をつけ、残りはすべて木箱にのせた。それを賭けて、パヴェルと勝負しようというのだ。

キャビンがいう。

「身ぐるみはがしてやるぜ」

パヴェルがこたえる。

「振れ！」

キャビンがサイコロを振り、また同じセリフをくりかえす。

「身ぐるみはがしてやるぜ、パヴェル」

パヴェルはサイコロを集めると、キャビンがくわえたタバコを見つめながらいった。

「そいつに火をつけたのは正解だよ」

「なんだって」とキャビン。

パヴェルはこたえず、木箱の上にサイコロを投げた。

「よう、どういうことだよ、パヴェル」

そして突然、キャビンはその意味を理解した。首を左右にふりながら、

「よせよ、パヴェル、身ぐるみはがすのはオレのほうなんだよ」

パヴェルがいう。

「振れ、キャビン！」

7

陽が暮れるころ、キャビンの前に置かれていたタバコは、そっくりパヴェルの側に移動していた。パヴェルがそのタバコを、ポケットから取りだしたシガレット・ケースにしまいだした。キャビンはだれとも目を合わせようとしない。とくにシフラとは。せっかく貸してくれたものを、一本残らずすってしまったのだ。キャビンは木箱を見つめたまま、驚きのあまり声も出せないらしかった。

ポケットにケースをしまうと、パヴェルがいった。

「おまえは勝利にふさわしくなかった、それだけのことさ」

キャビンがパヴェルのほうに目を上げた。

「なんだって」

パヴェルがくりかえした。

「勝利にふさわしくなかったんだよ」

キャビンはとまどっていた。パヴェルがなにをいおうとしているのか、さっぱりわからなかったのだ。でも、わからないのはシフラとぼくも同じ。キャビンをからかおうとしているのはまちがいないとしても、どんなやり方で責めているのか、皆目見当がつかない。パヴェルはひどくまじめな顔になってこう訊ねた。

「おまえは今日、勝負に勝つために、なにかひとつでも善いことをしたか」

キャビンがいった。

「わかんないよ、パヴェル、覚えてないよ」

キャビンがじっと考えこんでいるあいだも、パヴェルはまじめな顔をくずさなかった。

ふいにキャビンが問いかえした。

「そういうおまえはどうなんだ、パヴェル。おまえは今日、なんか善いことをしたのか?」

「善いことってのは、人にはなかなか話せないものなんだ」

「教えてくれよ、ひとつでいいから」

それでもパヴェルはこたえない。キャビンが懇願《こんがん》するような目つきになった。シフラとぼくも、パヴェルがどんな善行をおこなったのか聞きたくてたまらない。いまやだれもが、真剣そのものだった。

ふいにパヴェルがいった。

「おれは今朝、毛虫にたかっていたアリに、ションベンをひっかけた」

キャビンがぐるりと三人を見まわした。シフラ、ぼく、そしてパヴェルという順番で目をやってから、こう訊《き》きかえした。

「ああ？　なんだって」

「じゃあ聞くけどな、キャビン、あの毛虫が、自分で自分の身を守れたと思うか」

キャビンがいぶかしげな視線をシフラとぼくに投げかけた。

パヴェルが説明した。

「丸まるとしたかわいいイモ虫が、あの悪漢どもから逃げようと身をよじらせてたんだよ。そこでおれは考えた。パヴェル、こいつは善行を積むチャンスだぞ、とな」

キャビンが、バンと木箱をたたいた。

「おまえ、オレたちをおちょくってんだろ」

パヴェルは黙っていた。

「そうだ、おちょくってんだ。そんな手、オレには通じないからな」

それでもパヴェルが黙っているので、キャビンはさらにつづけた。

「そんなら、証拠を見せてみろよ！」

パヴェルはもう一度ポケットからシガレット・ケースを取りだし、蓋《ふた》を開けた。なかには紙巻きがぎっしり詰まっており、そのうちの何本かは、ついさっきキャビンからまきあげたものだった。

「これが証拠さ、だろ?」

キャビンがいった。

「ちがうよ、そんなの証拠じゃない」

パヴェルはタバコを一本つまみだし、シガレット・ケースをしまった。そのタバコに火をつけてから、彼はいった。

「おれは自分の善行を話したぜ、キャビン。もういいかげんにしやがれ!」

キャビンは頭を抱えて、考えこんでしまった。

8

そのすこしあと、キャビンは順番がまわってきたので食事を取りに行った。キャビンがもどると、ぼくたちはテントの前で静かに食事をはじめた。木箱の上に置いた灯油ランプが、ぼくたちをあかあかと照らしている。ここがこんなにも快適なのも、枕木を運んでくるという、すてきな考えのおかげだ。枕木があれば、テントの前でサイコロを振ることもできるし、食事もできるし、なんだってできる。あれほど重くなかったら、どこにでも持って行っただろう。

キャビンが食事の手をとめた。

「シフラ」

「なんだい、キャビン」

「おまえは信じるか？　パヴェルのイモ虫の話」

シフラは困って、とっさに返事ができずにいた。彼はキャビンのことが好きだった。大好きだったといってもいいくらいだ。パヴェルとぼくもキャビンのことが好きだったけど、だからといって、やつをからかうことが楽しいことにはかわりはない。でも、シフラには、もっと思いやりがあった。

シフラがやさしくいった。

「さあ、どうだろうね、キャビン」

キャビンはその質問をぼくに向けようとはしなかった。ぼくになにを訊いたところでパヴェルの肩を持つのはわかっていたのだ。彼はふたたび食事をはじめたが、しばらくするとまた唐突にいった。

「おまえの話、デタラメなんだろ、パヴェル」

パヴェルがこたえずにいると、さらにいった。

「そうとも、なにからなにまでデタラメだ。そうだろ、パヴェル」

パヴェルが食事の手をとめた。シガレット・ケースを取りだし、タバコを一本、キャビンのほうに差しだした。キャビンはそのタバコを受けとり、自分の前に置いた。しばらく考えこんでから、彼は訊ねた。

「なんでくれたんだ？」

「これ以上、ぐずぐずいわないでほしいからさ」

キャビンが笑いだし、そのタバコをじっと見つめながらいった。

「そんなら、もっといってやる」

キャビンにはなにやら策を思いついたらしく、その思いつきにご満悦の様子だった。ちょっと空を見上げてからパヴェルのほうに身をのりだし、さっそくそれを実行した。

「おまえがどれだけデタラメをならべてもな、パヴェル、そんな話、もうだれも信じないよ。オレがまんまとだまされたと思ってるなら、大間違いだ。オレはおまえのいうことなんか、全然、これっぽちも信じちゃいないんだからな。アリにションベンひっかけただと？　そんなら、どこにしたのか見せてみろよ！」

パヴェルは涼しい顔でまたシガレット・ケースを取りだし、タバコを一本キャビンの前に置いた。キャビンはその場に固まったようになり、もうひとこともしゃべらなかった。やつは、自分の思いつきがうまくいくとは思っていなかった。つまり、自分を黙らせるために、パヴェルがもう一本タバコをくれるとは考えもしなかったのだ。キャビンはきょとんとした顔でパヴェルを見つめた。

あちこちのテントの前で火が焚かれはじめ、薪の焼ける匂いが漂ってきた。それから煙も。この匂いを嗅ぎながらの一服は、とてもうまい。

キャビンは自分のタバコを吸いながら、まだきょとんとパヴェルを見つめていた。

9

夜露が降りるころ、ぼくたちはテントのなかに入った。横になって毛布を掛け、その上にコートをかさねる。まだ夜の冷え込みが厳しかったのだ。毛布は汚れていたので、シフラが女みたいなやさしい声で、明日、沼で洗濯しようよ、といった。もちろん、みんな賛成した。

キャビンがいう。

「おまえの毛布、よかったらオレが洗ってやるよ、シフラ」

「どうして?」

「タバコの借りを返したいからさ」

シフラは、まるで自分が頼みごとをするような口調で申しわけなさそうにいった。

「ぼくはタバコを返してもらったほうがいいな、キャビン」

ふいにパヴェルが起き上がった。

「時計はだれが持ってる?」

ぼくは自分が持っていたことを思い出した。その夜、時計を持って寝るのはパヴェルの番だったので、ぼくはその懐中時計を彼にわたした。機械は壊れているので時計としては役立たないが、なかに女の写真が入っている。その写真を抱いて寝ると気分がいいのだ。ぼくたちは、それが幸運をもたらす時計だと考えていた。理由はわからない。心の底では、女の写真が幸運をもたらすなんてだれも信じていなかったと思う。ぼくたちはただ、そう考えるのが好きだったのだ。

パヴェルとキャビンとぼくは交代で彼女と眠っていたが、シフラだけはそれに加わろうとはしなかった。その理由はちょっと聞きにくい。それまで、シフラに直接わけを訊ねた者はいなかった。でも、もとはといえばその時計は、ガリツィアで死んだ騎兵隊将校の遺体から、いつも履いている騎兵ブーツといっしょにシフラがもらってきたものなのだ。ぼくは首をひねった。ブーツは喜んで履いているのに、写真を持って寝るのはどうして気が進まないんだろう?

一度、パヴェルがこういったことがある。あいつはたぶん、女と寝たことがないんだ。だから写真を持って寝床に入っても思い出すことがなにもないのさ。そうかもしれない。でも、それならキャビンはどうなるんだろう。どう考えても女と寝たことなんかありそうもないのに、自分の番がまわってくるのをいやがったりしない。

自分のことをいわないでおいたけど、ぼくだって、女と寝たことなんか一度もなかった。

たぶん、四人のなかで経験があるのは、パヴェルだけだったんだ。

10

パヴェルに腕を揺すられたとき、ぼくは一瞬ぼんやりして、いま、なにが起きたのか、自分がどこにいるのかわからなかった。パヴェルはもう一度腕を揺すった。今度は目を覚ましていた。ぼくたちは長靴を履き、コートをつかんで音をたてないようにテントを出た。

おもてには、焚き火がいくつか残っていたが、それももうじき消えそうだった。闇に熾火《おきび》がちらちらと瞬《またた》いている。ぼくたちはコートを身につけ、野営地を離れた。それから黙って枕木置場まで歩き、野原を通って沼に向かった。

パヴェルが水際にうずくまった。ぼくは彼からできるだけ離れたところに立っていたが、それでも彼のすすり泣きは耳に入ってきた。それにときどき、ちゃぷちゃぷというさざ波の音も。前の晩は風があり、あたりの音をすっかりかき消していた。

パヴェルとぼくは、森を出てから毎晩外に抜けだすようになっていた。パヴェルが毎晩、シフラに喉《のど》を切られるという夢をみたのだ。おそろしい夢だ。目を覚ましたとき、彼は心底怯《おび》えきっていた。とても眠れる状態じゃなかったし、外に出たいと彼がいうので、ぼくはその外出につきそうようになった。ぼくたちは沼まで来るか、さもなければ途中の枕木置場で足をとめた。ときによって、といってもめったにないことだったけど、彼はその夜のように泣いてしまうこともあった。でも、泣いてしまえばむしろ気分は回復した。ぼくがときどき思ったのは、彼のなかではまだ、あの森で過ごした冬が生きていて、それがこんな形であらわれるのではないか、ということだった。でも、それがどうしてシフラの姿であらわれるのかは、パヴェルにもわからなかったし、ぼくにもわからなかった。シフラはぼくたちにとてもやさしかったし、ほんとうにいい仲間だったのだ。

ぼくはよく、毎晩、パヴェルの喉を切るのがぼくだったらと考えて、ひどくつらい気持ちになった。そしてそんなことになったら、彼が気を落ちつけにここに来るとき、必要とされるのはぼくではないんだと思った。

パヴェルのすすり泣きが小さくなった。

ぼくは立ったままの姿勢で、沼のおもてを眺めていた。そばにいてやりたいのはやまやまだったが、彼がそう望むまでは待ったほうがいいと思った。

しばらく待っているうちに、彼がほとんど泣きやんでいるような、こっちに来てほしいといっているような気がした。そんなそぶりはいっさい見せなかったし、身じろぎひとつしなかったのだけど、なんとなく、ぼくが来るのを待っているような感じがしたのだ。それでぼくは彼のそばに行き、となりに腰をおろした。

パヴェルがシガレット・ケースを取りだし、蓋を開けてこちらにさしだした。そこから一本もらい、沼を眺めながら一服したときは、二人ともだいぶ気持ちが和《なご》んでいた。

パヴェルはすっかり泣きやんで、膝のあいだからふうっと煙を吐きだしていた。二人のコートはとても暖かく、ぼくは、なにか彼をなぐさめるような言葉をかけてやれたらと思った。

帰りの草むらをたどるとき、パヴェルはすたすたと大股で歩いた。コートの前は開けたままで、歩くたびにバサ、バサと裾《すそ》が跳ねかえる。彼をなぐさめる言葉は、沼では見つけることができず、そのときには考えるのをやめていた。

ぼくはひとこと、こういった。

「だいじょうぶか、パヴェル」

「ああ」

鉄道線路の前にある枕木置場に着くと、野営地のほうに進路を変えた。あたりはあいかわらず漆黒の闇。月はなく、夜明けはまだ遠かった。

11

翌日は徴発《ちょうはつ》の務めがあった。前もって知らせはあったのだが、すっかり忘れていたのだ。エルマコフ伍長が迎えに来たのは夜が明けたころ。身支度《みじたく》をととのえ、伍長のうしろについたぼくたちは、重い足をひきずりながら野営地を出た。

みんな、今日はさっさと農園が見つかればいい、日が暮れる前には帰営して沼に行けたらいいと思っていた。この、徴発という仕事は好きじゃない。なにかしら、面倒なことが起こるのだ。ぼくの横にはパヴェルが歩いていた。その顔には昨夜の怯えきった表情はみじんも浮かんでいない。ぼくたちは――つまりパヴェルとぼくは、日中、パヴェルが悪夢を見ることも、二人で夜中に外出することもいっさい話題にしなかった。それでよかったのだとぼくは思う。でももちろん、彼が話したいといえば、いつでも聞いてやっただろう。

キャビンとシフラは、パヴェルの悪夢についてなにも知らなかった。もしかしたら、どちらかひとりは夜中に起きだす気配に気づいたかもしれないが、その理由は知らない。知っていたのはぼくだけで、それがぼくには誇らしく感じられた。

一時間歩いた。

エルマコフ伍長はずっと先頭にいた。通りすがりの草をむしっては葉っぱをくちゃくちゃ噛んでいた。

遠くに煙が見えた。

一本道に出るとすぐに集落も見えてきた。伍長が、タバコを捨ててコートの前を締めろと命じた。でも、いくらボタンをとめたところで、パヴェルとぼくはドイツ製の長靴を、キャビンは普通の短靴を、シフラは騎兵用ブーツを履いているのが丸見えだ。正規の兵隊らしい格好は、コートと制帽だけだった。

エルマコフ伍長が一件目の前庭に入った。ぼくたちは路上で待機だ。地面に腰をおろすことも、タバコを吸うことも禁止。おまけに小銃は負い紐に掛けていなければならない。

伍長はまずドアをノックし、それから窓をたたいた。男がひとり、庭に出てきた。森番の上衣を着た男だ。二人でちょっと立ち話をしてから、庭の奥にある野菜畑に降りてゆく。森番が畑に生えている冬ポロネギを抜きはじめる。エルマコフ伍長も加勢したが、ネギは地面にしっかりと根を張り、なかなか抜けない。

森番は快くネギを抜いていた。ネギ数本の痛手ですむならなんとかなると思っていたんだろう。ポロネギは、畑にどっさり生えていた。

ぼくのうしろにいたパヴェルが小声でいった。

「いいぞ、そのネギ一本ケツにつっこめ、エルマコフ」

キャビンが声をたてずに笑いだした。唇をぎゅっとかみしめ、肩をぶるぶるふるわせている。森番と伍長が庭にもどってきた。伍長が受領書を取りだし、サインを求めたが、相手はその手を押しかえした。甲高い声でなにかいっていたのは、たぶん、こんな感じだろう。このポロネギに受取りなんかいりませんや。これはあんたと、赤軍のみなさんに差し上げるんですよ。

伍長が受領書をポケットにおさめると、森番はネギをひとつにまとめ、紐でしばった。それから家に引っ込み、出てきたときには袋詰めのジャガイモを抱えていた。

12

二件目の家は無人だった。エルマコフ伍長に、一応なかを確認しますかと訊ねたが、必要ないという。キャビンはポロネギの束をかついでいた。伍長の顔を見るたびにくすくす笑う。さっきパヴェルがいった、エルマコフのケツにネギうんぬんを思い出しているのは一目瞭然《いちもくりょうぜん》だ。ぼくはジャガイモの袋を抱えていた。どう見ても一年前の代物で、すでに芽も伸びはじめている。古いジャガイモの匂い。春の匂いだ。ジャガイモを収穫し、一面に芽の出たやつを処分するのは、その頃だったから。

三軒目は庭に豚が一匹いた。鼻先で土をほじくっている。近づくと、こちらに頭を上げた。キャビンとぼくは、ポロネギとジャガイモを道端に下ろした。エルマコフ伍長がひとりで庭に入った。豚の脇を通りながらじろじろと眺めまわし、ドアをノックする。

男女二人が出てきて、伍長と話をはじめた。話の内容はこちらにもつつぬけだった。その夫婦者には息子が二人いて、どちらもシューイスキ連隊に所属しているのだという。シューイスキ隊が、いまどこにいるか知っているかと二人は訊ねた。エルマコフ伍長はそくざに首を横にふり、他の連隊の居場所はいっさい知らされていないとこたえた。

それから二人は配給のことでなにやらぶつぶついっていたが、その話はよく聞こえなかった。いずれにしても、伍長は二人に同意しているようだった。

女が突然家に引っ込んだと思ったら、すぐに若鶏を一羽抱えて飛びだしてきた。ちょうど羽をむしるところだったらしく、まだほかほかと湯気がたち、水も滴《したた》っている。だがエルマコフ伍長は、そいつは取っておけ、遺憾《いかん》ながら、われわれはあの豚を持って帰らねばならないのだと告げた。女は鶏を持ったまま腕をだらりとたらし、男は突然大声でどなりはじめた。ひと冬苦労して育てた豚を、むざむざ取られてたまるものか。そう叫ぶのを聞いたとき、ぼくは思わずどなり返したくなった。ぼくたちがあの森でどんな冬を過ごしたか、なにを食べていたか、お望みなら話してやるぞ。

エルマコフ伍長はじりじりと後退していた。男の語気がますます荒くなり、いまや脅《おど》さんばかりの勢いになっていたからだ。女のほうはそのあいだに家の前にもどっていた。戸口にうずくまり、若鶏を足のあいだに置いて泣いていたのだった。

エルマコフがこちらをふりかえった。

それが潮時だった。パヴェルとシフラが庭に入る。男がふいに口をつぐみ、顔をこわばらせる。その手が激しくふるえだすのを見て、あんな冬を過ごしたにもかかわらず、ぼくたちは男が気の毒でならなくなった。男の目には涙も浮かんでいた。でも、見ていてつらかったのは、涙よりも、ぶるぶるふるえる手のほうだった。

パヴェルとシフラが三人のあいだを通りぬけ、豚のほうに近づいた。二人が庭の外に豚を押しやるあいだ、エルマコフ伍長は、息子さんの名前は、と丁寧な口調で訊ねてやっていた。

13

ぼくはジャガイモを抱え、キャビンはポロネギをかついでいた。パヴェルとシフラは、ぼくたちの前で豚を進ませる役。エルマコフ伍長はうしろを歩いていた。

途中で豚がぐずぐずしたり、横に曲がりそうになったりすると、パヴェルは小銃の先でつつき、

「ほら、前へ進めよ、キャビン」とか、

「おいおいキャビン、なにをやってる。まっすぐだよ」などと声をかける。

それを聞いて、キャビンも吹きだしていた。

うしろのエルマコフ伍長は、さっきからひとことも口をきかない。彼が庭にいた人たちのことを考え、そのために苦しんでいるのが痛いほど感じられる。ぼくたちはもう何度も彼といっしょに徴発をしてきたが、そのたびに彼、エルマコフは、こんなふうになるのだ。まるで自分の家から——彼の実家から作物を徴収してきたみたいに。これはみんなが知っていたことだが、彼の実

家はどこかの地方で農園を営んでいた。そんなふうに何度も徴発をかさねるうちに、いつか郷里に帰ったときには、自分の畑がからっぽになっているような気になったのかもしれない。でもだからといって、どうすることができただろう。

ぼくは前を向いたまま、伍長にシューイスキ隊のことを訊いてみた。なにも知らないと伍長は答えた。それならなぜ、隊にいる息子の名前を訊いたんですかとさらに訊ねた。前へ進め、と彼はいった。

ぼくは前へ進んだ。でも、進めば進むほど気持ちはますます沈んでいった。自分ではどうしようもなかったのだ。肩にのっけたジャガイモの匂いのせいなのだから。その匂いが、なにかこれという出来事を、特別な思い出を甦《よみがえ》らせたわけじゃない。それはただ、遠い日の匂いだった。

ぼくはほんとうに悲しくなってしまった。

足を早めてパヴェルに追いつき、肩をならべて歩きだした。自分のかたわらにパヴェルがいてくれることを実感したかった。どんなふうに悲しいかとか、そんな話をしたかったわけじゃなくて、彼の横にいるだけでよかったのだ。でも、パヴェルは豚を歩かせるので手いっぱいでとてもこっちに注意を向けるような余裕はない。彼はふたたびその豚をキャビンに見立てて声をかけはじめた。うしろで、キャビンの笑い声がした。その声を聞いて、ぼくの頭にあるアイデアが閃《ひらめ》いた。

ぼくは歩調をゆるめ、キャビンが追いつくのを待って、ポロネギとジャガイモの袋を交換しようともちかけた。彼は首を片側にかしげ、空いているほうの肩をしめした。ぼくはそこにジャガイモの袋をのせ、ポロネギの束を受け取ろうとした。だがキャビンは、このままでいい、両方とも持てるからというしぐさをした。

前方で、豚にむかってパヴェルが叫んだ。

「キャビン、おまえ、それでも進んでるつもりか?」

するとキャビンが笑いながら、

「豚はおまえだろ、パヴェル」

後方から、伍長の怒号が飛んだ。

「うるさい、全員、黙っとれ!」

14

野営地にもどったのは昼過ぎで、すでに陽は高く昇っていた。昼飯の時間だ。炊事場はモミの木の下に設置されている。板をのせた脚立《きゃたつ》の上に石造りの竈《かまど》が置かれ、釘を打った木々には、シチュー鍋とバケツと柄杓《ひしゃく》がひっかけられている。そのうしろ、こんもりと茂った枝葉の陰には、ぼくたちの建てた中隊本部が見える。

豚を連れて帰ると、炊事係はすっかり気をよくして食事は大盛り、それにお茶の葉もひとつまみ、ちょうどシフラが片手で受けとれる分だけつけてくれた。お茶がもらえることは、めったにないのだ。

ぼくたちは、お茶を飲みにきませんかとエルマコフ伍長を誘った。

「おれのことは気にするな」

伍長がなにを気にしてそういったのか、ぼくたちにはわからなかった。テントにもどった。パヴェルが熾《おこ》した火で湯をわかし、やかんがしゅんしゅんいうのを聞きながら昼飯にした。

食事は大急ぎですませ、お茶に取りかかった。

だが、ここでひとつ問題があった。お茶を手に入れるとかならず起きる問題だ。炊事係がくれたのは、いつもどおり、まともなお茶一杯分の約半分。それに対して、ぼくたちは四人だ。ということは、湯の量を多くすると、あまり味のしないお茶になる。少なくすれば風味は出るが、一人あたりせいぜい二口しか飲めない。湯を注ぐ前、ぼくたちは延々と議論することもあった。

今回はあまり揉《も》めることもなく、いくぶんすみやかに決着した。湯の量は極力少なめという意見に、満場一致となったのだ。そんなわけで、この日のお茶はみんなの好みどおり、濃い味になった。ぼくたちはぬるくなるまで口に含み、それからゴクリと飲みこんだ。飲んでしまえばあっという間で、時間が一分もどってくれたらと願わずにはいられない。

飲んだそばから惜しくなる。

そんなお茶でも、まったくないよりましなのだ。

15

火を消した。くるくると毛布を丸めて腕に抱え、ぼくたちは沼にむけて出発した。枕木置場に到着し、そこから野原に入ろうとしたところで、パヴェルがいった。

「もう、ここから行くのは無理だ」

ほかの三人は意味がわからず、その顔をぽかんと見つめた。彼はすっかり草が踏みしだかれた足跡路を指さし、これ以上ここを通ったら、隊のほかの連中にも道を知られてしまうと説明した。そんなことになったら、沼とも、あの静けさともおさらばだ。

ぼくたちは鉄道線路に上がり、レール伝いに一キロほどの道のりを歩いた。それから百メートルくらい間隔を開けて野原に入った。そんなふうにばらばらになっていれば沼を見つける確率も高くなり、かたまって歩くよりも広い範囲をカバーできる。

草はひどく丈が高くて、ほかの三人の姿はまったく見えない。ぼくたちは各自別々に、独りきりで進んでいると、なんとなく、仲間なんて最初からいなかったような気持ちになった。ぼくはいま、ぼくたち四人のことをいってるんだけど、それはパヴェルもキャビンもシフラも、だれの姿も見ずに進んでいるときは、ぼくと同じ気持ちだったと思うからだ。そんなわけで、ぼくたちはそれからまもなく、ありったけの声で名前を呼びかわすようになった。

キャビンが力いっぱい叫ぶのが聞こえた。

「パヴェル！　シフラ！　ベニヤ！」

ぼくたち三人も、負けずに声をはりあげた。

「キャビン！　キャビン！　キャビン！」

「ああ、みんな、オレはここだよ！」とキャビン。

「そこだね、キャビン！」とぼくたち。

「そうだよ、ここだよ！」カミナリみたいなキャビンの声。

「見つけたのか？」とぼくたち。

「まだだよ、でもオレはここだよ！」またもキャビンのカミナリ声。

これで具合はよくなった。姿を見ずに歩いていても、声が聞こえれば安心できた。ぼくたちは新たな仲間も見つけた。行く先々で、いろんな鳥が飛んできたのだ。そのうちの一種類は、草のなかに巣をつくっていた。

突然、パヴェルがキャビンを呼んだ。

「キャビン！」

「あいよ、パヴェル、どうした！」

パヴェルが声を大にして叫んだ。

「ウズベクやろうのバカヤロー！」

草むらにキャビンの笑い声が響きわたった。

またしばらく歩いていると、ふいにシフラの声がした。

「見つけた！」

「どこだ！」

「ぼくはここ！」

みんなその声のほうに集まった。シフラは集まってくるぼくたちを見つめながら、にっこり微笑んでいた。自分が沼を見つけたことがうれしくてしかたがないという表情だった。

沼はおだやかに凪《な》ぎ、風もなかった。

水のそばに近づいた。今日は沼の底までくっきりと見える。

ぼくたちは毛布をほどき、その上に寝そべった。陽射しがぽかぽかと暖かい。ぼくたちはコートも長靴もすぐに脱いでしまい、コートはたたんで枕にした。シフラだけは座ったまま小銃を分解し、毛布に部品をならべていた。

ぼくは横に寝がえりをうち、目をつぶった。沼と泥と草の匂いがして、しんと静かだった。前にもいったけど、ここは貴重な場所だ。

この言葉は何度くりかえしても飽きることがない。

「たのむよ、ベニヤ、タバコをおくれ！」

この声はもちろん、キャビンだ。

やつが「おねだり」するまで待とうかと思ったけれど、ポロネギといっしょにジャガイモの袋を持ってくれたことを思い出した。

ぼくは身を起こし、紙巻一本分くらいのタバコをわけてやった。キャビンはびっくりしていた。うっとりとタバコを見つめている。ぼくはまた横になり、目をつぶった。

目を覚ましたとき、まわりにはだれもいなかった。キャビンは沼のまんなかでシフラを肩車していた。シフラは水が怖いらしく、キャビンの髪にぎゅっとしがみついている。

パヴェルはぼくの正面、沼の向こう岸で腰をおろしていた。ぼくが目を覚ましたのを見て立ちあがり、こちらにもどってきた。

つづいてキャビンとシフラも。シフラは岸辺に着くまでキャビンの髪にしがみついたままだった。ようやく手を放したのは、キャビンが砂の上に足をおろしたときだった。

ぼくたちは毛布を洗濯した。

毛布は水にざぶんと浸《つ》けたあと、しゃっしゃっと砂でこすった。それからすすぎをし、もう一度砂でこすった。

最後のすすぎを終えると、草むらに入って毛布をひろげた。毛布から蒸気が上がるのが見えるほど、強烈な陽射しだった。

16

乾いてきれいになった毛布を抱え、帰り道をたどった。枕木置場まで来たとき、手彫り屋のヤソフが線路をぴょんと跳びえてくるのに出くわした。ヤソフはぼくたちと一緒に歩きだした。手を売りにコサレンコ中隊まで行ってきたのだという。コサレンコ中隊はやはり平野部に駐屯していたが、彼らの野営地は線路をはさんで反対側だった。ときどき遠くに、彼らの煙が上がるのが見えた。

キャビンがヤソフに訊ねた。

「売れたのか」

ヤソフがこたえた。

「ああ、ひとつね」

キャビンがまた質問した。

「なにと交換したんだ」

「これさ！」とヤソフはいって、ポケットから五、六本の紙巻を取りだした。えらく細い巻き方だったが、それでもタバコにはちがいない。キャビンがそれをうらやましげに見つめる。ヤソフはポケットにタバコをしまい、こういった。

「ここはもう、長くないらしいよ」

パヴェルが口をはさんだ。

「なんだと、どういうことだよ」

「近いうちに出発だってさ。コサレンコがいってた」

「あとどれくらいで？」パヴェルが訊いた。

「数日ってとこだろ」

ぼくたちはヤソフのいうことを信じた。それは悪い報《しら》せだった。しばらくのあいだ無言で歩いた。やがてぼくは、次の行き先は知ってるかとヤソフに訊いてみた。いや、知らない、出発はもうすぐだよ——やつがコサレンコから聞いてきたのは、それですべてだった。

薄暗く、ひっそりとした野営地に帰りついた。あと何日、ぼくたちは沼に行けるのだろう、テントの前で、好きなときにのんびりサイコロを振れる日は、あと何日残されているのだろう。

毛布をテントにしまうと、炊事係が柄杓でバケツをたたく音を待ちながら、飯盒を片手にぶらぶら歩きだした。出発まで間もないという報せから、ぼくたちはまだ立ち直っていなかった。

どのテントの前でも焚き火がたかれている。みんな、今夜はお茶が出ることを願って湯をわかしているのだ。何人かはテントの前でサイコロを振っていた。なかには、ぼくたちの顔見知りもいた。たまにおしゃべりをする連中だ。ぼくたちはそいつらのほうに近寄ってゆき、サイコロを見物した。

もうすぐ出発するって話、知ってるか、とぼくたちは訊ねた。そんなの、みんな知ってるよ、と彼らはこたえた。

じゃあどこへ、とまた訊いた。それについては、だれも知らなかった。

パヴェルがこっちに目配せした。昼飯の時間がせまっていたのだ。ぼくたちはモミの木のほうに歩いて行った。が、炊事係は合図の前に調理場にはりつかれるのが嫌いなので、近づきすぎはしない。

突然、柄杓がバケツを打ち鳴らした。

炊事場に駈けつけた。ぼくたちは一番乗りで飯盒をさしだしたが、なにが盛られたのかは見なかった。炊事場のむこう、中隊本部の正面にあるモミの木の下に、何人かの男の子が座っているのを見ていたのだ。全部で五人か六人。いちばん年かさの子でもシフラより若い。みんなでひとつのシチュー鍋をつついている。ほとんどが農夫のような格好だ。中隊長のカリャーキン、それにディモフ中尉とエルマコフ伍長が建物にもたれながら、その様子を考え深げに見つめていた。

「あの子たちは?」炊事係に訊ねた。

「線路伝いに来たんだと」

「それで?」

「入隊志願者らしい」

テントにもどる前に、今夜はお茶はあるかと訊ねた。いや、ないよ。じゃあ、おれたちになにかおまけは? あるわけないだろ。この野郎、昨日、豚を連れてきたのがおれたちだってこと、もうすっかり忘れてやがる。

ぼくたちは飯盒を持ってテントにもどった。やかんで湯をわかしていた連中は、当然、白湯《さゆ》を飲むことになるだろう。ぼくたちは横を通りながら彼らに声をかけた。

「急げ、今夜はお茶があるぞ!」

17

その夜、時計を持って寝るのはキャビンの番だった。キャビンはパヴェルに時計を手わたされると、それに思い入れたっぷりのキスをした。彼がそんなふうにするのが、ぼくたちは大好きだった。キャビンもそれを知っていたので、そのキスはますます熱烈になった。ときどきパヴェルがこういった。三日に一回、ウズベクのバカヤローにこんなキスをされてると知ったら、写真の女は男が嫌いになるだろうよ。そんなこと、どうしてわかるんだよ、とキャビンが反論する。わかるのさ、とパヴェルは答える。

キャビンは毛布のなかにそうっと時計を入れ、自分も横になった。ぼくはキャビンに、今晩、時計を貸してくれたらタバコを一本やるよといった。

「なんだって」

ぼくはもう一度、時計の順番をタバコ一本でゆずる気はないかと訊ねた。彼はしばらく考えてから、こう訊ねた。

「何本くれる？」

もちろん、一本というのは聞こえていたのだ。

「一本だよ、キャビン、一本」とぼくはくりかえした。

「二本」とキャビン。

「それならいいよ、おまえが持ってろ」

ぼくが意地になっているのがわかったのだろう。キャビンはためらいながらも片肘《かたひじ》をついて起き上がった。ぼくはタバコを一本さしだした。彼は名残《なご》り惜しそうにもう一度キスをしてから、ぼくに時計をわたしてくれた。

「それで明日は？　だれの番になるんだ？」キャビンが訊ねる。

明日はいつもどおり、ぼくの番だよとこたえる。

「ああ！」落胆の声をあげた。

キャビンはまだ肘をついていた。ぼくは話をむしかえされたくなかった。わたされた時計をいそいでポケットにしまうと、ランプを吹き消し、横になった。

洗いたての毛布は気持ちがいいよな。ぼくはシフラに話しかけた。毛布の洗濯を思いついたのはシフラだったからだ。だが返事はなかった。もう眠っていたのだ。

ぼくはなかなか寝つけなかった。

ランプの灯油の匂いが漂ってきた。ぼくは森で過ごした冬を思った。

18

夜中にパヴェルに起こされたとき、ぼくは立ちあがる拍子に、うっかりキャビンの足を踏んでしまった。キャビンが顔を起こし、

「なにやってんだ」と訊ねた。

二人とも返事をしなかった。ぼくはコートを脇にかかえた。

「なにやってんだよ。どこ行くんだ」キャビンはなおも訊ねる。

「いいから寝てろよ、キャビン」とぼくはいった。

「ああ？」

「なんでもないんだ、寝てろ」

パヴェルとぼくはテントを出た。キャビンが起きだし、あとを追いかけようなどと考えないうちに野宿地を離れようと先をいそいだ。

パヴェルはその夜、沼まで行こうとはしなかった。枕木置場で足をとめ、そこに腰をおろし

た。彼が一人になれるように、ぼくは鉄道線路に上がり、砂利《じゃり》の上を歩きだした。遠くに行くつもりはなかったので、ゆっくりと歩をすすめた。

ぼくは昼のあいだ、どんな言葉をかければ、パヴェルをなぐさめることができるだろうと考えることがあった。言葉はもちろん見つかった。でもいざそのときになると、そんな言葉はかける気になれなかったり、忘れてしまったりした。こんなやつが仲間だとはおれもつくづく運がない、そんなふうに思われてるんじゃないかと不安になることもあった。いくらパヴェルに起こされて、散歩につきそったって、黙ってばかりじゃなんにもならないじゃないか。

踵《きびす》をかえして枕木のほうに向かった。パヴェルのところまでもどったものの、もうしばらく一人にしてほしいように見えたので、そのまま通過した。

タバコに火をつけたかったが、あとでパヴェルと吸ったほうがいいと思いなおした。百メートルほど歩いて、また引きかえした。彼のほうに近づくと、今度は具合がよくなっているような気がした。

「だいじょうぶか」ぼくは声をかけた。

彼がうなずいた。ぼくはとなりに腰をおろし、タバコを一本さしだした。遠くのほうに点々と明かりが見える。コサレンコ隊の野営地にちがいない。むこうでは、こんな時間になっても火を焚いているんだ。

ぼくには昨日から描いていた計画があったのだが、それを実行する決心がなかなかつかなかった。ぼくは二人のタバコが尽きるまで待った。だが吸い殻《がら》を線路に捨てても、燃えさしが消えるのが見えても、まだ迷っていた。

実行したのはだしぬけだった。ぼくはポケットに手を入れ、時計をパヴェルにさしだした。あたりが暗かったせいだろう、彼は訊ねた。

「なんだ、それ」

「受けとれよ、時計だよ」

19

パヴェルは落ちつきを取りもどし、ぼくたちは帰り道をたどっていた。時計は受けとってもらえた。彼をなぐさめるためにあんなアイデアを思いついたのは、自分でも上出来だと思った。二人とも、それが幸運の時計じゃないことはわかっていたし、ぼくたちが抱いて寝ているのはただの写真で、生身の女ではないこともわかっていた。前にもいったように、ぼくたちはただ、そんなふうに考えるのが好きだったのだ。なにはともあれ自分の番がまわってきて、一晩ポケットに入れておけばそれで満足だったのた。きっといまごろ、パヴェルも喜んでいるにちがいない、とぼくは思った。二晩つづけて彼女と過ごせば、喜びだって二倍だ。そのために使うタバコなら、ちっとも惜しくはない。キャビンにしつこくいわれたら、もっとさしだしていただろう。ぼくがどれほど時計を必要としていたのか、悟られなくて幸いだった。

その道は二人でならんで歩けるくらいの道幅があった。以前、枕木をかついで競争したところだ。ぼくはそのことを思い出し、話しかけるきっかけにした。

「あのときはすっかりまいってたよな、キャビンのやつ」

「あのとき?」

ぼくは彼に思い出してもらおうと、つづけていった。

「競争したのはここだったろ、枕木をかついで」

「ああ、そうだな」

「な、あいつ、すっかりまいっちゃってさ」

その晩は、前の晩よりは暖かかった。ぼくはなんだか眠くなってきた。この調子なら帰ったらすぐに眠れるだろう。ぼくは、キャビンを起こさなければいいな、と思った。

眠くてたまらなかったことを除けば、なにもかもうまくいっていた。時計をわたそうと思いついたことも、帰ったらすぐに寝床に入れることも、たまらなくうれしかった。なのに、それがふいに途切れてどこかに飛び去ってしまったのは、ぼくがまた、こんなことを考えはじめてしまったからだ――夢のなかでパヴェルの喉を切るのが自分だったら? そうしたら、どうなるのだろう? それでも夜、パヴェルが必要とするのはぼくなんだろうか? 考えるまでもない。「おまえに喉を切られる夢をみた。外に出るからいっしょに来てくれ。そばにいてほしいんだ」などといってくれるわけがない。そうじゃなくて、彼がそれを頼むのは、キャビンかシフラに決まってるんだ。考えるまでもない。

テントに着いたとき、ぼくは不安に沈んでいた。パヴェルの気分はよくなっていた。彼は時計を持ったまま、すぐ眠りについた。

ぼくはなかなか寝つけなかった。

となりにはシフラが横になり、すやすやと寝息をたてていた。そして、まったく情けないのだが、ぼくはこのとき、パヴェルの夢の中でナイフを握っているのはずっと彼であってほしいと力いっぱい願っていたのだ。

20

テントの入口から、エルマコフ伍長がぬっと首をつきだした。ぼくたち四人を一人ずつにらみつける。徴発には昨日行ったばかりだから、なにかほかの用事にちがいない。なんの用ですか、とぼくたちは訊ねた。

「外に出ろ!」彼がいった。

陽はすでに昇り、起床時間はとっくに過ぎていたが、暖かい毛布にくるまれているのは気持ちがよかった。

「眠らせてくれよ」パヴェルがぼやいた。

「出るんだ!」エルマコフ伍長がまたいった。

だれも動かなかった。エルマコフ伍長はついに癇癪《かんしゃく》を起こし、テントをがんがん蹴《け》りはじめた。このままぶっこわされないうちに、起きたほうがよさそうだ。

野営地は霧に包まれていた。太陽はまだモミの木の裏に隠れている。エルマコフ伍長の横に、男の子がひとり立っていた。昨日、中隊本部の前で食事をしていた子だ。肩から毛布をかけ、その下に水兵のシャツと上衣を着ている。

パヴェルが長靴を履こうと枕木に腰をおろした。エルマコフ伍長は開口一番こういった。

「おまえたちにこの子を預ける」

みんな、伍長の顔をぼうぜんと見つめた。それからキャビンとシフラとぼくがパヴェルのほうをふりかえると、長靴を履く手が止まっていた。三人で、伍長になんとかいってくれよ、と目で訴える。パヴェルはそれを察したらしく、伍長にいった。

「だれが預かるかよ、あんたが尻でもけとばして、おふくろのもとに返しゃいいだろ」

子どもは視線を落とし、自分の履いている農夫の長靴を見つめている。エルマコフ伍長は少しも動じることなく、先をつづけた。

「いろいろと教えてやらねばならん、ここでの決まりやら組織のことやらな」

パヴェルはようやく長靴を履きおわり、

「教えるったって、やる気のないおれたちにいわれてもな」といって、こちらを見た。

「おい、どうなんだ、おまえらはやる気、あるのか」

ぼくたち三人は、パヴェルのように伍長にむかってずけずけものをいうことができない。みんな、黙っているだけでよしとしたが、それが返事のようなものだった。エルマコフ伍長がパヴェルの向かいの枕木に腰をおろした。

「まったく、おまえは口のきき方を知らんな」

パヴェルはテントの入口を少し開けてみせた。

「見ろよ、エルマコフ、ここで、五人の男が寝られると思うか?」

エルマコフ伍長はなかを見なかった。見なくてよかった。そのテントには、五人が寝るのにじゅうぶんな広さがあったのだ。

伍長がぽつりとつぶやいた。

「どうせ、ここはもうすぐ出ていくんだ」

そして立ちあがって行ってしまった。

子どもはまだ、農夫の長靴を見つめていた。

21

その朝は、野営地から出る気になれなかった。ぼくたちはサイコロをやった。なんにも賭けない。サイコロは、しょっちゅう木箱の下に転がりおちる。だれもしゃべらない。順番どおり、ひとりずつ投げる。点数もほとんど数えない。そこには例の男の子もいて、こちらをじっと見つめていた。キャビンとシフラとならんで枕木の隅に腰かけて。肩に毛布をかけたままで。別にぼくたちはあの子に反感を持っていたわけじゃない。ただ、ここにはいてほしくないと思っていただけだ。

男の子が小便に立つと、姿が見えなくなるのを待って、なぜ沼に行かないんだとキャビンが訊ねた。あの子に場所を知られるのは危険だ、とパヴェルがいう。いずれ伍長の気が変わって、ほかのやつに預けるかもしれないからな。そんなことになったら、あの沼の静けさともおさらばだ。ぼくはちょっと考えてから、パヴェルにいった。

「うん、でも出発が近いっていうじゃないか、行けるうちに行ったほうがよくないか」

それもそうだな、とパヴェルがいった。

「それに、伍長の気が変わることはないと思う」

男の子がもどってきた。毛布は肩からはずし、腕に抱えている。

「テントに入れておきなよ」シフラがいった。

男の子は木箱をまたいでテントに入った。ぼくたちはふたたびサイコロをはじめた。キャビンが声をひそめて、またいった。

「で、沼には行くのか?」

パヴェルはサイコロを振った。

22

キャビンと男の子が食事を取りに行った。男の子は飯盒どころか、スプーンひとつ持っていない。もどってきたときには食事道具一式──飯盒と金属の水筒、ナイフとスプーン──をそろえていた。

ぼくたちは朝飯を食べ、タバコを吸った。それから少しばかりサイコロをやったあと、男の子にこれまでのいきさつを聞いた。彼はぼくたちの質問に、次のようにこたえた。出身地はラドガ湖畔のフセボロージック。汽車に乗ったのはペテルブルクだ。無蓋貨車《むがいかしや》でモギリョフまで。そしてモギリョフから、ヴォロネジに移動した。第三軍分隊、つまりぼくらの隊の駐屯地を知ったのは、その街にいたときだった。

下着や軍用毛布など、背中にかついだものは、秘密警察《チエーカー》の執行部で支給された。そこで志願兵が集まるのを待ち、線路を歩いてここまで来るよう命じられたのだった。

銃は撃ったことあるか、とぼくたちは訊ねた。うん、猟銃なら、と少年はいった。名前は？

クズマ・エヴドキン。猟銃は何発撃った？　一発。タバコは持ってるか、とこの質問はキャビンだ。ううん、でもお茶なら持ってる。

ぼくたちはさっそく火を熾し、湯をわかしてお茶の準備をした。今回はどれくらい湯を注ぐかで揉めることはなかった。お茶は十分な量があったから、たっぷり注げばよかったのだ。そのお茶は苦くて、炊事係からもらうお茶ほどうまくはなかった。でもぼくたちは一滴も残さず、そのお茶を飲みほした。

それから野営地をひとまわりしに行った。エヴドキン少年もいっしょだった。まだ、口のなかには、少年がくれた苦いお茶の味が残っていた。ヤソフのテントの前で足をとめた。ヤソフはぼくたちの真似をして、枕木を一本運びこみ、その隅に腰かけて手を彫っていた。かたわらには五体か六体、完成した手がならんでいる。彼はちょっと眼を上げてこちらを見たが、すぐに仕事にもどってしまった。

別にその手が欲しくなったわけじゃない。彫るところを見るのが、おもしろかったのだ。

23

鉄道線路をたどり、沼に通じる野原に入るところでパヴェルはちょっとためらい、このまま線路を進もうと合図した。がっかりだ。パヴェルはどきどき、あまりにも慎重すぎる。いまさらエルマコフが少年を引きとりに来て、ほかのだれかに預けることなどあるわけないのに。

それから一時間歩いたあと、ぼくたちはあの駅を見つけた。駅舎は椅子もテーブルも撤去され、がらんとしていた。床には印刷物が散乱し、隅のほうに干からびたクソが落ちている。キャビンがそれを拾って窓から捨てた。ぼくたちは床に車座になってサイコロをはじめた。ぼくはキャビンにタバコの葉を少し貸してやった。彼は紙巻を一本巻いて、それに火をつけ、残りはふところにしまった。今度こそオレが勝って借りを返してやるからな、とシフラにむかって息巻いている。

しばらく勝負を見物していたエヴドキン少年が、ひとりで外に出ていくと、ぼくたちは彼のことを忘れてしまった。室内は煙でいっぱいになっていた。ぼくたちは床にちらばる紙の上にサイコロを投げつづけた。

駅の上空に浮かんだ雲は、一定の間隔で動いていた。そのたびに陽が射したり、陰ったりした。

ぼくはふと思い出していった。

「あの子、どこにいったのかな」

だれも返事をしなかった。

ぼくの番になった。サイコロを振った。目の数を合計し、得点を出すと、パヴェルがサイコロを拾った。

立ちあがっておもてに出た。エヴドキン少年は戸口のすぐそばで、壁にもたれてプラットフォームに腰かけていた。彼は、表紙に灰色の厚紙をはったノートになにか書きつけていたが、ぼくが来たことに気づくとぱたんとそれを閉じ、きまり悪そうにこちらを見返した。

「なんだよ」とぼくはいった。

彼は視線を落とし、表紙のすみをいじりだした。ぼくは戸口にちょっと立ちつくし、それから駅舎にもどった。そして腰をおろしながら、あの子、ノートになにか書いているところだったよと報告した。

次はキャビンが打つ番だった。キャビンがサイコロを握ってちゃかちゃか振っているとき、パヴェルが訊ねた。

「なに書いてんだ」

「さあね」

パヴェルは突然、ドアの外まで聞こえるような大声をあげた。

「キャビンはウズベクやろうのバカヤローですとおふくろに書いてやれ！」

「書くなよ、そんなこと！」笑いながらキャビンがいった。

キャビンは片手をふりあげ、サイコロを投げようとしたが、ふいにその手をとめて、

「キャビンはパヴェルよりもいい点を取りましたと書いてやれ！」とどなった。

それからやっとサイコロを振った。すばやく点をかぞえ、またサイコロを拾いあげる。だが、次はぼくの番だ。ぼくはサイコロを奪おうとしたが、キャビンはそれをしっかりつかんで放そうとしない。

「なにやってんだよ、キャビン」

キャビンが楽しそうに笑いだした。

「いいからやらせろ」

彼はもう一度サイコロを振り、取りあげようとする者にはこぶしをふりまわした。

「パヴェルよりいい点取るまで投げるんだ。あの子のおっかさんに、そう書いてほしいんだよ」

ぼくはドアにむかってどなった。

「キャビンはイカサマ師だと書いてやれ！」

キャビンがサイコロを握ったまま、空いているほうの手でぼくの口をふさいだ。それからまたサイコロを振り、点をかぞえるとドアにむかって叫んだ。

「よし、さっきいったとおり書いていいぞ！」

キャビンがぼくの口から手を離した。首のうしろで両手を組み、どしんと壁によりかかって勝利の雄叫びを上げた。

「うおお！　パヴェル！」

24

陽はあいかわらず射したり陰ったりしていた。空はしだいに本曇りになり、急に真っ暗になったと思ったら、ふいに底が抜けたようなどしゃ降りになった。エヴドキン少年が駅舎にもどってきて、ぼくたちのそばに腰をおろした。ぼくたちは窓とドアを閉め、雨がやむのを待った。シフラは床に横になり、そのまま眠ってしまった。その寝顔は、少年と少しも変わらぬ年頃に見えた。

そこは沼ほど貴重ではないけれど、雨宿りにはもってこいの場所だった。ドアと窓さえ閉めてしまえば、家にいるような気分になる。

エヴドキン少年はひとりでサイコロをいじっていた。パヴェルとぼくは、少年をちょっぴりからかってみた。キャビンはウズベクやろうのバカヤローだと書いたか、とパヴェルがいえば、ぼくは、イカサマ師だと書いたかとつづける。少年はなにも答えない。もじもじと内気そうにぼくらを見つめ、またサイコロをいじりはじめる。

キャビンは話は聞いていなかったが、自分の名前は耳に入ったらしく、

「なんの話だ」と訊いてきた。

「なんでもない」とぼくはいった。

「うそつけ、いま、オレの名前をいっただろ」彼はしつこく食い下がり、今度はエヴドキン少年に訊ねた。

「おい、そいつら、なにをいった？」

エヴドキン少年はいっそうもじもじしていたが、彼の立場になってみればそれも当然かもしれない。サイコロに夢中になっているふりをしていたのも、キャビンにどう答えたらいいかわからなかったからだろう。

嵐が遠ざかった。ぼくは腰をあげ、外の様子を見に行った。野原の草はすっかりなぎ倒されていたが、草と土がしっとりと濡れ、いい匂いがした。駅舎の上空は青みがかり、東の空は灰色をしていた。もっと遠くに目をやると、雨雲に覆われて真っ黒だった。

駅舎にもどった。ぼくたちはシフラを起こし、帰り道をたどりはじめた。ぼくはレールの上を歩きながら、あやうく転びそうになった。雨に濡れて、すべりやすくなっていたのだ。キャビンがそれを目ざとく見つけ、ぼくよりうまく歩こうとレールに上がってきた。追いつかれそうになったぼくは、どんと彼をつきとばし、走って逃げた。

25

沼に行ってもかまわないとパヴェルが腹を決めたのは、枕木置場に到着する直前だった。考えに考えた末、エマルコフが、ほかの連中にエヴドキン少年を預けることはあるまいという結論に達したのだ。

雨上がりの沼は、水が少し黒ずんで、いつもと様子が違って見える。はっきりどことはいえないけど、なんとなく違和感があるのだ。まるで沼の底が深くなったような感じ。沼の周辺も、嵐のあとは様子が違う。気配が一変し、水際にできたたくさんの溝に水がチョロチョロ流れている。草はどこもかしこも、見わたすかぎり遠くまで、雨の重みでぐにゃりとたわんでいる。

沼の上にひろがる空は、駅の上空と同じように青々としていたが、水面に映っている空は、そこまで青くなかった。大気のほうは、どこまでも澄みきっていた。

陽が沈みかけていた。

水辺に近づく。

エヴドキン少年はひと足先に到着し、両手を水にひたしていた。彼が沼を見るのははじめてだ。嵐のあと、雰囲気が一変したことはわからない。

水に近づくにつれて泥の匂いが濃くなった。だれも、ひとこともしゃべらない。ぼくは銃を片手で持ったまま、台尻を肩にのせた。それから顔を上げ、なんともいえない夕暮れの匂いを思いきり吸いこんだ。

沼のまんなかで魚が跳ね、キャビンがその場所を指さした。もう一度跳ねるところを見逃がすまいと、みんなそのまわりにじっと目を凝らした。

26

ぼくたちは駅にサイコロを忘れてきてしまった。そんなヘマをだれがしたのかは追及しなかった。だれかに拾われる前に、朝いちばんで取りに行けばすむことだと、みんなわかっていたのだ。

テントは五人でもじゅうぶんな広さだった。エヴドキン少年は灯油ランプに慣れておらず、煙が目にしみるらしかった。

キャビンが時計のことで騒いでいた。たぶん、その夜はぼくの番だとわかっていたのに、わからないふりをしていたのだ。

「昨日は順番を買ったんだよ」ぼくはキャビンにいった。

「うん、だから、一人ずつずれるんだ」

「よせよ、キャビン、おれをとばす気か？　ずれるわけないだろ」

そういい返し、ぼくはパヴェルに同意を求めた。

「なあ、パヴェル」

するとパヴェルは、穏やかな口調でそれに賛成した。

「キャビン、おまえだって、ほんとうはわかってるんだろう」

キャビンはあきらめた。毛布をひっかぶって寝てしまい、もうひとこともしゃべらなかった。

だが問題は、その時計が昨晩からパヴェルの手元にあるということだった。キャビンに、順番を買ったのはこいつなのに、なぜパヴェルが持ってるんだと訊かれたら、パヴェルもぼくもこたえようがない。パヴェルがポケットを探った。そしてシガレット・ケースを出すふりをして時計を取りだし、毛布ごしにこっそりわたしてくれた。だれにも見られなかった。

ぼくはふと、あの子は、目の前で起きているいろんな出来事について、どこまでわかっているのかなと思った。そのとき突然キャビンが起きあがり、ぼくにいった。

「順番なんか、売るんじゃなかった」

ねえ、いったいどこまでわかっているんだろうね。

ぼくはランプを消した。

27

パヴェルがぼくを起こし、ぼくたちはみんなの目を覚ますことなくテントを出た。沼にはその晩も行かなかった。あんなにひどい雨のあとで野原をつっきったら、帰るときには腰までずぶぬれになってしまう。そんなことになったら、どうやって乾かせばいい?

ぼくたちは線路の前まで行き、枕木の山に腰をおろした。ぼくはパヴェルが座るのを待ってから、彼の真下にある枕木に身を落ちつけた。悪くないポジションだ。そこはパヴェルのすぐ近くで、枕木の上には彼の乗せた長靴が見えたが、ぼくがそれを見たところで気まずい思いをさせることはない。ぼくは彼の気持ちが落ちつくまで、そばにいながら、邪魔立てせずに待つことができる。彼のほうに行こうか行くまいかと悩むこともないのだ。

その夜はすっきりと晴れていた。嵐が空を一掃したのだ。遠くに目をやると、地平線まで星がきらめいていた。

こういう夜空は、森にいたときにも見たことがあった。

パヴェルのストーブはすごく性能がよかったから、火事の心配とはまったくの無縁だった。それについては前にもいったとおりだ。ただ、あのときひとつだけいい落としたのは、そのストーブは炉が小さくて、薪をしょっちゅうくべる必要があったこと。日中はそれでなんの問題もないのだが、夜になれば話は別だ。夜中に凍死しないように、ストーブを一晩じゅうぼうぼう燃やしておくには？　ぼくたちが採用したのは軍隊式のやり方だった。就寝から起床まで夜の時間を四等分し、交代で火の番をしたのだ。夜の分の薪は小屋のなかにたっぷり用意しておいたから、寒空の下、コートや長靴を身につけて外に出ることもない。だが、それでもある晩、薪がたりなくなったことがあった。そしてその時間帯はぼくの番だった。ぼくは長靴を履き、コートに身を包んで薪置場にストックを取りに行った。説明が長くなったが、つまり、さっきこういう夜空を見たことがあるといったのは、森にいたその晩のことだった。

パヴェルはぼくのうしろでじっと黙りこんでいた。たまに体を動かすたびに、彼の腰かけている枕木がみしりと音をたてた。

そろそろ話しかけてほしいと思っているかもしれない。

ぼくは、駅までサイコロを取りに行かないか、と誘ってみた。ちょっとした気晴らしにもなるし、いやな夢を忘れるためにもさ。でも、ぼくはひどく早口になってしまった。それにたとえサイコロを回収し、それを持ち帰ったところで、明日みんなにどう説明すればいいんだ？　いずれにしても、パヴェルは返事をしなかった。たぶん、ぼくのいったことが聴きとれなかったんだと思う。ぼくはまた空を見上げた。

だが森で見た空のことは、もう考えてはいなかった。

パヴェルはあいかわらずじっと黙っていた。

ぼくはそのとき、またあれに、パヴェルの夢に出くるのが、シフラじゃなくて自分だったらという不安にとりつかれてしまった。

パヴェルの沈黙があまりにも長く、長くつづくうちに、ぼくの不安は確信に変わった。そうだ、もう手遅れなんだ、夢のなかで彼に刃を向けているのはシフラじゃなくて、このぼくなんだ、パヴェルはそれを、ぼくに打ち明けられずいるんだ。

ぼくはうしろをふりかえらずに、ひくくつぶやいた。

「パヴェル」

「なに」

ほんの少し間を置いて、先をつづけた。

「おまえの夢に出てくるのは、いまもシフラなのか」

「どうして」

「いいから、質問に答えてくれ」

「ああ、そうだよ」

緊張がゆるんだ。ほっとしたのだ。でもそうして一安心したら、もっと安心したくなった。それからつづけざまに質問したのは、この調子でいけば、同じようなことを何度も訊くな、つまらないことを考えるなと一喝してもらえると思ったからだ。

ぼくはいった。

「なあパヴェル、もしもそいつがおれだったら、つまりその、シフラじゃなくてさ、そうしたら、おれたち二人はどうなっちまうかな」

顔は見えなくても、じっと考えこんでいるのはわかった。そんなふうに、彼はつまらないことを考えるなとすぐさまどなりつけるどころか、ぼくの期待に応えてくれるどころか、そういうことがいつか起こりうるだろうかと真剣に考えこんでしまったのだ。これにはほんとうに胸が痛んだ。

パヴェルがいった。

「わからない」

「そうか、なんでもないんだ、パヴェル。忘れてくれ」

ぼくは嘘をついた。

28

早起きして、駅にサイコロを取りに行った。

ドアを開けるとサイコロはすぐに見つかった。駅舎の中央に積まれたまま、置きっぱなしになっていたのだ。キャビンがそれを拾いあげ、てのひらにのせてぽんぽんとはずませた。ぼくは、昨夜パヴェルと出かけた疲れがまだ残っていたので、いまのうちにひと眠りしようと部屋の隅に腰をおろした。眠れはしなかったが、しばらく目をつぶっているだけで元気が出た。目を開けると、みんなは外に出たあとらしく、室内はがらんとしていた。ぼくは立ちあがってプラットフォームに行った。

シフラとエヴドキン少年は駅舎にもたれて座りこみ、その向かいにキャビンがしゃがんでいた。床にキャビンのコートがひろげられ、その上に銃の部品がならんでいる。キャビンが、エヴドキン少年に銃の組み立て方を教えていたのだ。組み立てがはじまるとまもなく、シフラがキャビンをさえぎった。

「待って」

「待つってなにを」キャビンが訊ねる。

「それ、もう一度やりなおしてあげて」シフラがやさしくいう。

「なんで」

「それじゃ早すぎるんだ、キャビン」

キャビンは撃鉄のバネをつまみあげ、今度はゆっくりと取りつけた。

「そうそう、それより早くしないでね」とシフラ。

パヴェルの姿がぽつんと野原に見えた。ぼくはプラットフォームを降りて彼のところへ行った。ぼくたちはしばらく二人で野原を歩いた。駅にもどってきたときには組み立ては終わり、キャビンが、おまえの腕を見せてやれ、とシフラをけしかけているところだった。

「やってくれよ、シフラ、頼むからさ!」

シフラはにっこりとキャビンを見つめている。

「あれを見せてやるんだよ、シフラ!」キャビンはなおもいった。

キャビンがなにをいっているのか理解すると、ぼくもただちに応援にまわった。

「そうだそうだ、見せてやれよ、シフラ!」

根負けしたシフラは自分の銃を取りあげ、それを分解し、ばらばらにした部品をていねいに、規則ただしく目の前にならべていった。そのならべ方にはいつも決まったやり方があるのだが、その理由についてはあとでわかるだろう。部品がすべてならぶと、キャビンはエヴドキン少年にいった。

「まずはオレがどうするか見てろよ」

キャビンは立ちあがってシフラのうしろにまわり、大きな手でシフラの目を覆った。シフラが右側の部品を手探りし、ひとつめを探しあてたところで、それははじまった。

あっという間だった。シフラは、まったく目が見えない状態で、しかもほかの三人がしっかり目を開けていてもとてもできないような早技で、銃を組み立てることができたのだ。手先の器用さ、組み立ての早さでシフラの右に出るものは、中隊にはひとりもいなかった。おそらく、第三軍じゅう探したっていなかっただろう。

それはこうして終了し、銃はすっかり元通りになった。キャビンに目隠しをはずされたとき、シフラが見たのは、目をまんまるにしているエヴドキン少年の顔だった。

29

シフラの実演のあと、エヴドキン少年はひとりで駅舎にもどった。ぼくたちはその場に残り、プラットフォームにぼんやりと腰かけていた。みんなじっと黙っていた。それぞれ、自分の思いに耽《ふけ》っていたのだ。ぼくが考えていたのは、エヴドキン少年のことだった。あの子がいても、それほど気づまりな感じはしない。とにかく、最初に心配したほどではない。ぼくたちがなにかすれば素直についてくるけど、口をきくことはめったにない。きっと遠慮しているんだ、とぼくは思った。

そこまで考えたとき、パヴェルがいった。今日は沼に行く前に野原を歩いてみよう、行けるところまで行って、その先になにがあるのか見てみよう。ぼくは駅舎をのぞいてみた。少年はノートに顔をうずめている。こちらに目を上げたので、行くぞと声をかけた。

ぼくたちは線路を横切り、野原に入った。今日は沼を見なくてもかまわない、みんなでいっしょに歩くのだから。コートを脱いで、肩にひっかける。小銃を大鎌のようにふるい、草をはらう。

ぼくは足をとめ、うしろ向きに小便をしながらパヴェルのイモ虫のことを考えた。草むらのなかに虫がうじゃうじゃいたからだ。アリのたかった毛虫が一匹ぐらいいないかなと探してみる。一匹もいない。ぼくはズボンのボタンをとめ、空を見上げた。鳥の群れが近づいてくる。低く飛んでいるその群れは、どうやらカモのようだった。ぼくは急いでみんなに追いつき、カモの群れだ、こっちに飛んでくるよと叫んだ。みんなも足をとめ、そちらのほうを見た。ぼくたちは銃をかまえ、群れが頭上を通り過ぎる瞬間、引き金をひいた。そして走りだすと同時に次の弾を込めた。また一発撃って、すぐに飛びだす。めちゃくちゃにわめきながら、カモを追い、弾を込め、引き金をひく。肩にひっかけたコートが、なにか動作のたびに邪魔になる。群れはたちまち遠くへ飛び去ってしまったが、それでもぼくたちは走りつづけた。狂ったように叫びながら、道につきあたるまで、カモのあとを追いかけた。

ぼくたちはコートと銃を壕に投げこみ、道の上に息を切らして倒れこんだ。

エヴドキン少年が野原から出てきたのは、ちょうどぼくが体を起こしたときだった。少年はこちらにやってきて、ぼくたちのあいだに座った。

「しとめたの？」少年が訊ねた。

しばらくのあいだ、だれも返事をしなかった。

「いや、全然ついてなくてね」ようやくシフラがいった。

それならなぜあんなに何発も撃ったんだろう、と少年は首をひねったにちがいない。パヴェルが、道の上にころがったままシガレット・ケースを取りだし、みんなにタバコを配った。エヴドキン少年はいらないといってことわった。パヴェルはケースをしまい、自分のタバコに火をつけてから少年に話しかけた。

「おふくろさんに手紙を書いてるんだって？」

「まさか、ちがうよ！」エヴドキン少年が驚いていった。

「じゃあだれに書いてるんだ」

エヴドキン少年はちょっとためらってから、こうこたえた。

「だれにも」

パヴェルはごろっと横向きになり、こめかみに手をついた。

「なんだそりゃ」

そういったとたん、彼は突然身を起こした。地べたに座り、じっと通りに目を凝らす。遠くのまがり角から、一台の荷馬車が現れたのだ。男がひとり、その横を歩いている。手には手綱が握られている。パヴェルはしばらくのあいだ、荷馬車をじっとにらんでいた。やがて立ちあがり、壕のほうへ行って小銃を拾いあげると、なにもいわずに荷馬車の前まで歩いていった。彼が近づくと男は馬を止め、片手をさしだした。パヴェルは銃を負い紐にかけ、その手を握った。

ここからは聞こえなかったが、ふたりはなにやら相談をはじめ、その話は長いこと終わらなかった。突然、男が手綱を引き、もと来た道に馬を返そうとした。パヴェルはうしろに退《さ》がり、小銃をつかんで、相手に銃口を向けた。男は手綱を放した。

30

ぼくたちは駅の方向に、野原を引きかえしていた。馬に乗っているのは、一番手を希望したキャビンだ。たてがみにしがみつき、まっすぐ前を見すえている。おそろしく真剣な顔つきだ。ときどき、もっと遠くを見ようと上体を起こそうとする。が、そのたびにぐらりとバランスを崩してしまう。このとき、手綱を引いていたのはシフラで、キャビンの銃とコートを持っていたのはエヴドキン少年だった。

キャビンが突然、なにか大発見でもしたような口調で叫んだ。

「駅が見えたぞ！」

それから今度は鉄道線路を見つめながら、目標地点に到着、というようにシフラにいった。

「止まれ、シフラ！」

シフラが馬を止めた。キャビンが馬の尻をまたぐ。そのままずるっと地面にすべり降り、手綱を取る。

「おまえの番だよ、シフラ！」

シフラが自分の銃を少年に預けると、ぼくは彼が馬に乗るのを手伝った。シフラはすぐにふるえだした。ぼくはできるだけ長いこと彼のくるぶしを握ってやり、それから少しずつ、ゆっくりと手を放した。よし、ちゃんと乗れてる。

「いいぞ、つかまったか？」とキャビンが訊く。

うん、と小さな声でシフラがいう。

キャビンに引かれて馬が歩きだした。シフラはひしとたてがみにしがみつき、おねがいだ、もう少しゆっくりやって、と泣きそうな声でキャビンにいった。

そこでキャビンは歩調をゆるめてやった。シフラは馬の上でそろりそろりと背を伸ばし、しまいにはうしろをふりかえってにっこり微笑んでみせた。

それで、そのときのぼくはといえば、ぼくはまずシフラの笑顔に釘づけになった。キャビンが上手に馬を進めるようになったおかげで、それはほんとうに安心しきった笑顔だったのだ。それからゆっくりと確実に歩を進めるキャビンの足取りにも目を奪われたし、それにパヴェルもまた、ぼくのかたわらを歩いていたので、ぼくはにわかに胸がいっぱいになってしまった。みんながそれぞれ、いるべき場所にいるような、その瞬間は、森で過ごしたあの冬から、はるか遠くにいるような、そんな気がしたのだ。そして冬が終わったからには、やがて再開されるであろう戦争からも遠くにいるような。

ぼくは視線をそっと横に向け、草原と、空と、そしてぼくのかたわらを歩きつづけるパヴェルの姿を見つめた。

31

馬に乗る番がようやくめぐってきたというのに、ぼくはついてなかった。そのときはキャビンが手綱を持ち、ぼくの足はシフラが支えてくれていた。ぼくはすばやく馬に飛び乗ったが、その瞬間、馬が突然動きだし、まっしぐらに走りだしたのだ。キャビンは手綱を放してしまい、ぼくは地面に転がりおちた。キャビンはすぐに起き上がり、馬のあとを猛然と追いかけていった。彼はそれからずいぶん長いこと姿を消していたが、汗だくでもどってきたときには馬は引いておらず、ひどく悲しそうだった。

ぼくたちは、おまえのせいじゃないよ、馬を引きとめるような力はだれにもないんだからと口ぐちになぐさめ、沼のほうへ進路を変えた。

昼ごろ、キャビンとエヴドキン少年が食事を取りに行った。二人を待っているあいだ、パヴェルとシフラとぼくはサイコロをしていた。なにも賭けず、ただ複雑な目を出すことに専念した。キャビンとエヴドキン少年が食事を持ってもどってきた。エヴドキン少年はぼくたちの飯盒とスプーン類を持ち、キャビンはこの冬、切株を削りだして作った特大の飯盒を抱えていた。彼は興奮さめやらぬ顔で沼のほとりに腰をおろすと、今日の昼飯がなんだかわかるか、と訊ねた。みんな、すぐにわかった。それはもちろん、豚だったのだ。それに古いジャガイモとインゲン豆。そのシチューはすごくうまかったし、キャビンとエヴドキン少年が急いでもどってきてくれたおかげで、まだほんのりと温かかった。ぼくたちはそれをぺろりとたいらげ、骨までしゃぶった。

ふいにパヴェルが、いかにも気の毒だという口調でいった。

「シューイスキ隊にはさ、家に帰って豚を食うことを夢みてるやつが二人いるんだよ」

「かわいそうに」とぼくはいった。

「鶏が食えるさ、あのおかみさん、若鶏を持ってたからな」とキャビン。

立ちあがり、残った骨を沼に投げこんだ。水のなかから、魚がわんさと集まってくると思ったのだ。だが実際にあらわれたのはわずか二匹で、骨のまわりを静かに泳いでいた。

パヴェルとぼくはもとの場所にもどり、そこに寝ころがった。シフラは騎兵ブーツを脱ぎ、水際で足をぬらしながら沼をひとまわりしはじめた。キャビンはといえば、まず特大飯盒を洗い、それを持ってざぶざぶ沼に入って魚を捕りだした。飯盒をゆっくり水に沈め、いっぱいになったらさっとすくって中身をチェックする。

エヴドキン少年が、ぼくとパヴェルのうしろに腰をおろした。ノートを出す音が聞こえた。ひとしきりすると、パヴェルが前を向いたまま、少年に訊ねた。

「なあ、教えてくれよ、おふくろさんじゃなけりゃ、いったいだれに書いてるんだ」

エヴドキン少年はその質問を待っていたようだった。勢いよく、こう即答したからだ。

「ぼくに」

パヴェルが怪訝《けげん》そうにこちらを見た。でも、ぼくだって返事のしようがない。

それからパヴェルは、じゃあそれはなんだ、おまえはなにを書いてるんだと、やはり前を向いたままで訊ねた。

だが、その質問にこたえたのはキャビンだった。魚捕りに夢中だとばかり思っていたのに、しっかり話を聞いていたのだ。

「きのうは、オレがサイコロで勝ったって書いたんだよ」

「うるせえぞ、キャビン!」とパヴェルがいった。

キャビンがげらげら笑いだした。

「で、そいつはいったいなんなんだ」パヴェルがもう一度訊ねた。

少年がいった。

「ぼくが見たこと」

パヴェルが首を振りながら、

「ちぇっ、見たことったっていろいろあるだろ」

そのとき突然、目を疑うような光景が飛びこんできた。ぼくたちの目の前では、飯盒を抱えたキャビンがひざまずいていたのだが、その特大飯盒のなかに、てのひら半分ほどの小さな魚が泳いでいたのだ。キャビンもこっちを見つめていた。自分でも信じられないという顔つきだ。彼は沼の対岸にいたシフラにむかって、大声で叫んだ。

「おーい、早く見に来いよ、シフラ！」

「どうしたの」

「捕まえたんだ！」

もどってきたシフラは、魚をひとめ見て、すごいじゃないか、と称讃の言葉を贈った。キャビンはいったんこうと決めたら、てこでも動かない。その魚については、焼いて食うんだといってゆずらなかった。シフラがなんとか思いとどまらせようと、

「焼いてしまったら、なにも残らないよ」といっても、

「どうしてなにも残らないんだ」という始末だ。

彼は特大飯盒を足元に下ろすとまた腰を上げ、沼のほとりに石を集めに行った。さんざん歩きまわってようやく竈《かまど》を組み立て、てっぺんに平らな石をのせた。だが問題は、この近くには薪がないということだった。そこで彼は野原に入り、両腕いっぱいに枯れかけた草を抱えてもどって

きた。魚をすくい上げ、平らな石にのせてガツンと頭をたたき、その石の下に入れた。それから枯れ草をひとつかみしてそれに火をつけ、石のすきまに挿しこんだ。だが枯れ草はぶすぶすと燻《くすぶ》るばかりでいっこうに炎は上がらず、火がついてもたちまち燃え尽きてしまう。キャビンは草をもうひとつかみして竈のなかに入れた。それが十回ほどくりかえされた。

平らな石が温まってくると、徐々に魚が焼けはじめ、煙も上がってきた。だがキャビンが取ってきた草はもう残りわずかだ。彼は野原に駆けこみ、また草を抱えてもどってきた。竈に燃料をたし、ふうふうと息を吹きかける。魚の焼ける匂いがこちらにも漂ってくる。キャビンはしっぽをつまんで魚を裏返した。

その作業をはじめてから、彼は一度たりともこちらを見なかった。彼の知力と注意力は、いかにして魚を焼くかというその一点にむかってフル回転していたのだ。彼にとっては、それ以外のことなど存在しないも同然だった。

彼をよく知るぼくたちは、かたずをのんで見守った。

沼のほとりに座って、身じろぎもせずに見つめていた。

煙が上がりだしてからは、エヴドキン少年もノートをしまって仲間に加わっていた。

キャビンは地面に腹這《はらば》いになり、手元に山積みの草を置いてせっせと竈にくべていた。草はみるみる減ってゆき、なくなったと気づいたときにはすでに火は消えていた。キャビンが体を起こした。しげしげと魚を見つめてから、それをつまみ上げ、飯盒の水にぼちゃんと浸けて熱を冷ますと、頭から骨までたった三口で食べてしまった。ひと口嚙むごとに、なにやら考え深げな顔をしていた。食べおわったあとも、やはりぼくたちには目もくれず、沼でじゃぶじゃぶ手を洗い、それからようやくこちらにもどってごろんと横になった。

32

その日の午後は、めいっぱい沼で過ごした。うだうだとおしゃべりしては居眠りし、目が覚めたら日なたぼっこしてまたしゃべる、それだけ。どういうわけか、キャビンは二度と魚を捕ろうとはしなかった。ときおりなにやら幸せそうな、妙な顔つきで水面を眺めていることもあった。あの魚はどんな味がしたのかな、とぼくは思った。

帰る時間が近づいたころ、パヴェルの提案で、冬の森で会った連中にあいさつしにコサレンコの野営地まで足をのばすことになった。

あの冬、コサレンコ中隊が建てた小屋は、ぼくたちがいたところから歩いて一時間ほどの空き地にあった。枯れ木を探しに行くと、同じ顔ぶれの連中としょっちゅう出くわしたが、目的はぼくたちと同じだった。切株に腰かけ、タバコを吹かしながら、ぼくたちは小屋の暖を取る方法について話し合うようになった。それから中隊の話もした。どっちの隊にいるほうがましか、という話だ。結論はすぐについた。どっちにだっていいところもあれば、悪いところもある、それを決めるのは簡単ではないし、結局のところ、そんなことは大して重要なことじゃない。大切なのはただひとつ、冬が終わり、この森を出てゆくこと、それだけだというのが、みんなの一致した意見だった。

沼をあとにした。

一行は野原のなか、コサレンコ中隊の野営地に向かう途上にいた。ぼくはエヴドキン少年に小銃を預け、軍隊式にかつぐ方法を教えていた。少年はそれを喜んでいたし、ぼくは身軽になっていた。

草のなかでなにかが動く気配がし、うしろをふりかえった。みな呆然とその場に立ちつくした。あの馬が、ぼくたちの背後にいたのだ。草の上に見えたのは頭とたてがみだけ。体じゅう汗をふいて真っ白に染まっている。まるで野生馬のようなその姿は息をのむほど美しく、昨日の挽《ひ》き馬とはみちがえるようだった。たてがみが風をはらんでそよそよと揺れる。もう少しで息遣いまで聞こえてきそうだった。つまりぼくがいいたいのは、突如として出現したその美しいものに、声も出なくなるほど驚いたということなんだ。

パヴェルが自分の銃をゆっくりと地面に置き、キャビンとシフラにも同じようにしろと合図した。エヴドキン少年には、銃を全部預けるからここで待てとささやいた。

四人はパヴェルの合図でぱっと散り、めいめい馬の背後にまわりこんだ。だが銃といっしょにコートも預けるべきだった。すごく走りにくいのだ。馬は、あと少しというところでくるりと向きを変え、草の上をはずむように疾駆《しっく》した。

こっちも、いっそうがむしゃらになった。

先頭にいたのはシフラとぼく、ぼくたち二人は平行してトップを走り、同時に馬の背後にまわりこんだ。

ぼくはしだいにみんなと離れていった。

ときどき、だれかの姿が見えることもあった。

だがしまいには完全に見失ってしまった。

33

もう、自分がどこにいるのかわからなかった。

馬がどこにいて、みんながどこを走っているのか。

ぼくは足をとめ、その場に立ちつくしたまま、じっと耳をそばだてた。だが、その静けさときたら、まるで野原全体がもぬけの殻になってしまったみたいだった。

しばらく様子をうかがってから、ゆっくりと四方を見まわした。どの方角であれ、どんな小さな音であれ、追跡の音は決して聞きのがすまいと。だが、あたりはしん、と静まりかえるばかりで、それはさながら、突然、ぼくの身に思いもよらぬ異変が起こり、たった一人でこの世に取り残されたみたいだった。

それでぼくは心のなかで、両親《おふたり》とも、どうかこんなことは本気にしないでください、とつぶやいた。この野原のどこかには、パヴェルも、キャビンも、シフラもいるはずなんです、だから心配しないでください、と。

草むらにしゃがみこんだ。

草をすかして夕陽が沈むのを見まもっているうちに、ぼくはいつしか顔をうつむけ、泣きだしていた。だけどそれは、悲しくて泣いたのではなかった。

ぼくはいった。両親《おふたり》とも、こちらを見るのはもうちょっと待ってください、ああ、そうです、かならずお見せしますから、ぼくはふたたび立ちあがって、みんなに会いにあの子のもとにもどります、あの子はみんなの銃を預かってるんだし、そこはちっとも遠くじゃないんだから。

気がつくと、ぼくの腕のなかにはふたりがいて、ぼくは泣きじゃくりながらぎゅっとふたりを抱きしめていたんだけど、それはもちろん、悲しくて泣いたわけじゃなかったんだ。

34

ひとり、またひとりとエヴドキン少年のところにもどってきた。少年はぼくたちを出迎えては、それぞれの銃をさしだした。

夕暮れのなか、一行はふたたび歩きだした。

鉄道線路にさしかかるころ、日脚《ひあし》はみるみる早まって、地平線まであと少しというところまで達してしまった。もう、コサレンコ隊に行くには遅すぎる。炊事係は、ぼくたちの帰りを柄杓片手に待っていてはくれないだろう。進路を野営地のほうに変えたとたん、あのシチューの味がよみがえり、自然に駆け足になった。

到着したのは、食事の時間ぴったりだった。

テントの前に座って豚のシチューとジャガイモとインゲン豆を食べているとき、パヴェルがキャビンにいった。

「なんだおまえ、まだ食うのか」

もちろん、やつが沼で食った、ちっぽけな魚のことをいってるのだ。キャビンのほうは平然と聞きながしている。

「おい、たてつづけに二食かよ。しまいには体をこわしますよ、キャビンくん」

キャビンはパヴェルのほうを昂然と見返し、自信たっぷりにいった。

「いや、オレの体はこわれない」

気がつくとすでに陽は沈み、シチューは食べおわっていた。満腹だ。ぼくたちはゆったりと枕木に座って、まわりの物音に耳を澄ませていた。野営地のどこかで罵《ののし》り合うような声がしたが、なにをやりあっているのかはわからない。声はだんだん高くなり、パチパチと薪の爆《は》ぜる音とまざりあった。モミの林からは、不吉なツグミの啼《な》き声が聞こえた。

キャビンは右手で頬をさすっていた。なにを考えているのか、やけにうれしそうな顔つきだ。ゆっくりとぼくたちを見まわし、それから裏返しにした木箱を見つめる。頬にのせた手を首のほうにずらし、今度は空を見上げる。ひとりでくすくす笑いだし、その笑いがおさまると、またこちらを見つめてくる。

しばらくすると、「わかるか?」と彼が訊いた。

いいや、さっぱりわからないと一同はこたえた。

キャビンが下を向いた。笑いをこらえているのだ。ふたたび顔を上げたとき、首すじは真っ赤で、目の玉が飛びだしそうだった。
「いったいどうしたんだよ、キャビン」ぼくは訊ねた。
キャビンはなにかいおうとしたが、そのまま吹きだしてしまった。
「早くいえってば、キャビン」とぼくはまたいった。
ようやく呼吸をととのえると、彼はいきなり、大声をとどろかせた。
「オレの腹んなかに、尾ひれのついた豚がいるんだ」
ぼくたちはきっと、戦争が終わるまでこうしてふざけあってるんだ。

35

テントのなかには草のマットレスが敷いてある。刈り取ったときには青々としていたが、いまではすっかり干し草だ。灯油ランプにはじゅうぶん注意しなければならない。なにしろ、干し草と毛布は燃えやすい。冬のあいだは小屋から火を出さずにすんだものの、運にはいつ見放されるかわからない。そんなわけで、ぼくたちは灯油ランプを支柱の高いところに吊るしていた。炎は黄色。すきま風が、その火をゆらゆら揺らしている。

草を地面に敷きつめたときは、それがいつかは乾燥することも、自分たちの重みでつぶれることもちゃんと計算に入れていた。ぼくたちは大量の草をあっという間に集めてきた。マットレスになるまでにはずいぶん時間がかかったが、それも計算のうち。そうすることで、押しつぶしてもじゅうぶん厚みのあるマットレスに仕上がったのだ。

寝る位置は、パヴェルとぼくが支柱の片側で、その反対側がキャビンとシフラ。エヴドキン少年はキャビンのとなりで、テントの布のすぐそばだ。

上に掛けるのはコートと毛布。春になって間もない頃だから、夜、床に入るときには吐く息が白い。でもしばらくすると、みんなの体温やランプの炎で室内の空気が温まり、息は透明になる。

その夜、時計を持って寝るのはパヴェルの番だった。ぼくはポケットからそれを出してパヴェルに手わたした。彼は頭の真横、草のマットレスの下にそれを入れた。

そのやりとりを見ていたキャビンが、パヴェルにいった。

「キスしてくれよ、オレの分も」

パヴェルが時計をひっぱり出し、キャビンに放り投げた。

「自分でやんな、キャビン」

キャビンが体を起こし、毛布の上に落ちた時計を拾った。彼は蓋を開け、そこに熱烈なキスを浴びせた。

ぼくたちは笑いながらその様子を見ていたが、いつまでたっても終わりそうにないので、パヴェルが手をのばした。

「もういいよ、それくらいで。早くよこせ」

キャビンが蓋を閉め、時計をパヴェルに返した。パヴェルはふたたび頭の下に入れた。

エヴドキン少年がキャビンに訊ねた。

「それはなに？」

キャビンはどうこたえたらいいのかわからない。

パヴェルが代わりに返事をした。

「時計だ」

キャビンがくりかえした。

「そうだ、時計だ」

その答えを聞いて、少年はこう思ったにちがいない。赤軍の兵士はこんなふうに就寝前に時計にキスするものなんだな。ぼくはそんなふうに思われるのはいやだった。ちょっとそいつを貸してくれとぼくはパヴェルにいった。時計を受けとり、蓋を開け、なかの写真が見えるようにエヴドキン少年にさしだした。また蓋を閉め、パヴェルに時計を返しながら、ぼくたちの関心はこの女の写真だけなのだと説明した。いっしょに寝ると気分がいいんだ、幸運をもたらしてくれるんだよ。そういって、ぼくは頭の上のランプを吹き消し、毛布にくるまった。

一瞬、静かになったあと、暗闇のなかでパヴェルが訊ねた。

「で、おまえは今日、なにを見たんだ」

彼が話しかけていたのはエヴドキン少年で、その質問は、ノートになにを書いたのかという意味だ。少年はなかなか返事をしなかった。

「おい、どうなんだよ」パヴェルがうながした。

「カモを追いかけたことを書いたよ」少年がいった。

「銃で撃ったことも?」

「うん」と少年はいい、「あと、撃ち落とせなかったことも」と、ためらいがちにつけくわえた。

「そりゃ、事実だからな」とパヴェルはいい、さらに質問をつづけた。

「馬をぶんどったことは書いたか」

少年の肩の下で、干し草がカサカサと鳴った。

「うん、書いた」困ったような、小さなかすれ声で少年がこたえた。

「それも事実だ」パヴェルは穏やかにいった。

その返事を聞いて、エヴドキン少年はすっかり安心したらしい。というのも、彼が肘をついて、こんなふうにいうのが聞こえたからだ。

「あとね、乗る順番がひとまわりする前に逃げちゃって、すごく残念だったって書いたよ」

ぼくたちは黙ってうなずいた。

ふいにキャビンが質問した。

「シフラがすごいスピードで銃を組み立てることは?」

「ううん、それは書いてない」

キャビンは心底がっかりしたようだった。

「なんだよ、ちゃんと書いとけよ。組み立てだけならだれだってできるけど、あんなに早くできるのはシフラだけなんだよ。それも部品を見ないでさ」

そういうと、今度はシフラにこう訊ねた。

「なあ、おまえだって書いてほしいだろ」

シフラはいつものやさしい声でこたえた。

「さあ」

「おいおい、シフラ!」キャビンがひどく情けない声をだしたので、シフラは彼を悲しませまいとこういい直した。

「そうだね、キャビン、書いてほしいよ、すごく」

「え、ほんとか?」

「うん、キャビン」

「ほらな、こいつもきっと気に入るぜ!」キャビンは興奮したように少年にいった。

「うん」

「まさか、忘れたりしないだろうな」

「うん、忘れないよ」

キャビンの喜びが、まるで蒸気のようにテントいっぱいにひろがると、それきりだれの声もしなくなった。

エヴドキン少年はまだだれかが話しかけてくるのを待っているようだった。でも、話しかけるものも、しゃべりだすものもいなかったので、そのままじっと横になっていた。

静寂と暗闇がぼくたちを包んでいた。

突然、少年がひとりごとのようにつぶやいた。

「ぼく、ノートの最後に、今日はいい一日を過ごしたって書いたんだ」

その言葉には、とてもふしぎな、快い響きがあった。だって、そうなんだ、あの子のいうとおり、ぼくたちはその日、ほんとうにいい一日を過ごしたのだ。ぼくは、できることならもう一度ランプを灯《つ》けて、パヴェルとキャビンとシフラがどんな顔をしているのか見てやりたかった。

今夜はもうだれもしゃべろうとはしないだろう、みんないまごろ、エヴドキン少年がノートに書いたことについて、それぞれの思いを馳《は》せているんだ、とぼくは思った。それは一日のしめくくりにふさわしい言葉だったし、ぼくたち四人は、だれも字が書けなかったから。多少なりとも字を知っていたのは、ぼくだけだった。でもそれだって、ごく限られたものにすぎない。オヴァネスの帯鋸《おびのこ》に材木が運ばれてくるとき、赤いペンキで記されていた文字。木の産地を示していたのだ。材木には地方によって異なる文字がひとつだけ書かれていた。そんなわけで、ぼくは文字をいくつか知っていたのだ。

材木を使って文字を覚えていたのはもうずいぶん前のことだったけど、それでも、そこで覚えた文字は、ぼくにとってずっと親しいものだった。なじみの文字がどこかにあれば、かならず眼についたからだ。弾薬箱だの、トラックの荷台だの、文字はいたるところに記載されている。何が書かれているのかはわからなくても、知っている文字は真っ先に眼についたし、そういうとき、ぼくはきまって、あの文字がこんなところでなにしてるんだろ、などとおかしなことを考えた。そしてそんなことを考えたとたん、ぼくの耳には、ちょうど壁のむこうから響いてくる音のように、オヴァネスの帯鋸の音が聞こえてきたのだ。

36

キャビンは、みんなが起きるやいなや、行動を開始した。シフラの銃を負い紐にかけたと思ったら、今度は毛布の埃をはらう。やつはいったいどうしちゃったんだと思いながら、ぼくはキャビンの様子を眺め、その場で足踏みしていた。その朝はすごく寒かったのだ。まわりのテントからは蒸気が立ちのぼり、湯わかしの火が焚かれていた。

パヴェルはコートを喉元まできっちり締めてぼくの横に立っていた。

「なにやってるんだよ、キャビン」パヴェルが訊ねた。

キャビンは返事をしない。枕木のあいだの木箱に毛布を掛け、しわを伸ばしている。

小便に立ったシフラがテントの裏からもどってくると、キャビンは枕木を指さしていった。

「そこに座れよ、シフラ」

「どうして」とシフラが訊ねた。

「頼むからさ！」

シフラが枕木に腰をおろすと、ちょっと待ってろとキャビンはいい、まだテントのなかにいるエヴドキン少年を呼んだ。少年が出てくると、今度は彼にむかってそこに座れといい、シフラの前の枕木を指さした。それから木箱に掛けた毛布の上にシフラの銃を置き、こういった。

「もういっぺんやってくれよ、シフラ、おまえの腕前を、もう一度この子に見せてやるんだ」

そのころには、みんなすっかりわかっていた。

シフラはいやがりもせず、素直にそれをやりはじめた。銃を分解し、ばらばらにした部品を、毛布の上にていねいにならべる。キャビンがシフラのうしろにまわった。そして目隠しをしようとした瞬間、彼は少年にいった。

「もう一度、しっかり見ておけよ。忘れないでほしいんだ。シフラのやり方がどれだけ正確だか、ぜんぶ書いてほしいんだ。手先が器用だとか、いろんなことをさ、わかったか」

少年がうなずいた。キャビンがシフラのうしろに立ち、てのひらで目を覆った。シフラが最初の部品を手探りし、探しあてたところで、それははじまった。シフラの指は器用に動いた。キャビンは、少年がなにひとつ見逃さないように、最後まで目を離さなかった。銃が元通りになると、大きな手をシフラの肩にのせ、物問いたげに少年を見つめた。最初から最後まで、シフラの偉業を見届けたのか確かめたかったのだ。少年はちょっと下を向いて、こういった。

「だいじょうぶ」

「ほんとだな、ちゃんと全部見てたんだな」キャビンが訊ねた。

「うん」少年がこたえた。

キャビンがシフラの上に身を乗りだした。

「おまえ、昨日いってたよな、きっと気に入るって」

「うん、キャビン」とシフラがいった。

キャビンはまた少年に質問した。

「いつ書いてくれる?」

「午前中に」

「覚えてられるか」

「もちろんだよ」

「細かいとこまで、全部だぞ」キャビンが念を押した。

エヴドキン少年は、細かいとこまで全部ここに入ってるよというように、人差し指でひたいをつついてみせた。

37

だが、そのとき突然、野営地のそこかしこでどよめきの声があがった。声はだんだんと移動し、テントの前で話しこむ者も出てきた。中隊長が本部の前に姿をみせた。エルマコフ伍長もいっしょだ。ぼくたちはいったいなんの騒ぎだろうと耳をそばだてた。そしてようやく、その報せが耳に入ってきた。われわれは今夜、コサレンコ中隊の一時間後に出発する、間隔を保って先発隊を追行せよという。昨夜のうちに参謀本部から命令が届いたのだ。ぼくたちは、なにかまずいことでもやらかしたようにさっと目を伏せたが、その直前、ぼくはキャビンの首が真っ赤になっているのをとらえてしまった。ぼくたちは視線を落とし、身を固くしたまま、それぞれわが身をふりかえった。

突然、キャビンが首をふりながら、ひどく心細そうな声で訊ねた。

「なんだって、いつ出発するんだって」

もちろん、その報せはキャビンの耳にも届いていた。それでも彼は、仲間の口からそれを聞きたかったのだ。

「今夜だよ、キャビン」そうこたえたのはぼくだった。

それからパヴェルが口を切るまで、めいめい自分の思いに沈みこんでいた。ぼくたちはそんなふうにして、たがいに遠いところにいた。

だがありがたいことに、パヴェルがこう声をかけてくれたのだ。

「沼に行こうぜ、いまのうちにさ」

ぼくたちは銃を手にすると、だれにも気づかれないように大急ぎで野営地を離れた。そのときはまだ、エルマコフ伍長に呼ばれて、本部や炊事場の解体だとか、野営地の引き上げ作業に動員される時間じゃなかったのだ。

沼に着くまで、だれもしゃべらなかった。

パヴェルのうしろを歩きながら、ぼくの心臓は早鐘のようだった。野原を横切るときは、みんな草を踏んづけるどころか、盛大に蹴散らしていた。これからは道を知られたってかまわないのだ。あの沼を見つけ、ぼくたちの場所を横取りするようなやつはもういない。ともかく、中隊のなかにはいやしない。

ぼくたちが早足で歩くあいだ、うしろから小走りに駆けてくるエヴドキン少年の足音が聞こえた。

沼に到着したぼくたちは、対岸をひと目見るなり、その場から動けなくなった。きのう男から奪った馬が、横ざまに倒れていたのだ。頭をなかば水につっこむようにして。あの馬はきっと、追っ手を振りきったあとも長いこと走りつづけたのだ。そしてここにたどりついたところで、死んでしまった。きっとそんなに長く走ったあとですぐ水を飲むのを、だれも止めてやらなかったせいだ。

死んだ馬なら、ぼくたちはそれまでにもおびただしい数を見てきた。信じられないかもしれないけど、その馬をそっくり草原に運んできたら、鉄道線路と道路のあいだがびっしり埋めつくされてしまうくらいだ。ついでにいわせてもらえば、死んだラバだって同じくらい、その馬をさらに覆いつくすくらい見てきた。

だが、ぼくたちがこのとき受けた衝撃は、野原一面の死んだ馬以上だった。

ぼんやりしている場合じゃない。ぼくたちは我にかえり、沼をまわって対岸に行った。そして馬の脚を一本ずつ持ち、力まかせに引っぱった。一メートルも動かさないうちに息が切れ、ひと呼吸入れた。エヴドキン少年が対岸につっ立ったまま、じっとこちらを見つめていた。ぼくは彼の手を借りようとは思わなかった。そんなことは、だれも思わなかったのだ。ふたたび脚を握る。一メートル、また一メートルと、少しずつ沼から引き上げていく。いつもの畔《ほとり》にもどったときに見えないくらい遠くまで、草むらがすっぽり覆い隠してくれそうな、じゅうぶん離れたところまで。

だがそこには、運んだあともほんの少しとどまっていた。もう、沼もなんにも目に入らなかったし、自分たちがどこから来たのかもわからなかった。ぼくたちはそこで息をついていた。ぼくはそのとき、頭上にひろがる空を見上げたが、それでもパヴェル、キャビン、シフラ、そしてぼくたちのあいだに横たわる馬の姿は目に入ってきた。一瞬胸をよぎったのは、この空の下には、あの死んだ馬とぼくたち四人しか残ってないんじゃないかという思いだった。

いつもの畔にもどったとき、パヴェルが突然、なぜ手伝いに来なかったとエヴドキン少年をどなりつけた。それはいいがかりだったが、ぼくはなにもいわず、エヴドキン少年は、困惑しきったまなざしをぼくのほうに向けていた。そしてパヴェルは少年をさらに問いつめ、ますます激しい口調になってこう叫んだ。あの死んだ馬たちは、いまどこにいるんだ、だれにも弔《とむら》われず、見捨てられたあいつらは、そのあといったいどうなったんだ。いまもどこかにいるはずなんだよ、おれたちがさんざん見てきた、あの死んだ馬たちはさ。

しまいには絶望的な口調になってそういうと、パヴェルは首をかきむしった。エヴドキン少年はうろうろと目をさまよわせるばかりで、わからないとこたえることすらできなかった。

シフラはそのあいだ、いまにも泣きだしそうな顔で前を見つめていた。ぼくはそれまで、あんなにも悲しそうなシフラは一度も見たことがなかったように思う。そしてキャビンはといえば、ぽかんと口を開け、いつにもましてボンヤリした目つきをしていたが、いまなにが起きているのか、パヴェルがなぜそんなことをいい、なにをいおうとしているのか理解しようとしていることははっきりと見てとれた。そしてさらに次の瞬間、ぼくがその表情のうちに読みとったのは、というのはキャビンの表情のうちにってことだけど、やつが、死んだ馬に関するパヴェルの問いについて考えはじめ、それに自分が答えることで、エヴドキン少年を救おうとしているということだった。それからキャビンがふいに沈黙をやぶり、死んだ馬がどこにいるのかなんてだれにもわかりっこないのに、この子にわかるわけないじゃないか、とふるえる声でパヴェルにいうと、それを聞いたエヴドキン少年は、水に浸かっていた頭がいま引っぱりあげられたという顔でキャビンを見つめた。

ぼくは思った。パヴェルは次にキャビンにくってかかるだろう、やつを黙らせようとどなりちらし、こてんぱんにたたきのめしてしまうだろうと。だが、そうじゃなかった。パヴェルは反論もしなければ、どなりもしなかった。というより、彼はそれきりふっつりと口をつぐみ、表情をわずかにやわらげていた。彼はなんだかほっとしたように見えた。首のうしろで両手を組み、肘を前につきだしながら、じっと水を見つめていた。

いっときのあいだ、みんなその場に立ちつくしたまま、身じろぎもしなかった。

38

沼のおもてはひっそりと静まり、みどり色に輝いていたが、ぼくがなにより幸運だと思ったのは、その途方もない静けさだった。今後ぼくが思い出す沼は、きっといつでもこのようなすがたをしているだろう、なぜってぼくたちがここに来るのは、これでほんとうに最後なのだから――そう思ったのだ。ぼくは沼の記憶を、静けさも輝きもどこまでも運んでゆけるように、それこそ細心の注意をはらって、ゆっくりと視線をめぐらせた。だが、さっき馬が頭をのせていた畔にたどりついたとき、自分はこれからあの記憶もまた運んでゆくことになり、それはどうしようもないことなのだとわかった。

沼をぐるりと見まわすと、横になって目を閉じた。風はそよとも吹かず、空気は生温かかった。

ふと、今日はまだ昨夜のことを思い返していなかったなと気がついた。昨夜はパヴェルとどこへ行ったのか、彼をなぐさめる言葉は見つかったのか。ぼくはじっと考えこんだ。

でもなにも浮かんでこなかったので、ちょっと体を起こし、パヴェルのほうに目をやった。なにか思い出すきっかけになればと思ったのだ。だがどれだけ彼を見つめても、まったくなにも思い出せない。それでやっと、きのうはどこにも出かけなかったんだと思った。

そうだ、それをきっかけに、ぼくはすべてを思い出したのだ。真夜中、パヴェルに腕を揺すられた。出かけるつもりで体を起こしかけると、今夜はいいんだというように肩を押さえられた。それでまた横になった。あとの記憶がないところをみると、そのまますぐに眠ってしまったんだろう。

そこまで思い出したとき、あの子はどこに行った、とパヴェルが訊ねた。ぼくたちはそこらじゅうを見まわした。キャビンが大声で名前を呼ぶと、草むらからひょっこりと姿をあらわした。少年は岸辺にやってきて、ぼくたちのそばに腰をおろした。その顔には、馬のこと、死んだ馬たちのことでパヴェルに責められた怯えと困惑が、まだ消えずに残っていた。上衣ははだけ、水兵のシャツがズボンからはみだしていた。パヴェルは少年に話しかけたが、相手の顔を見ようとはせず、目は水面に注がれたままだった。

「いいか、おまえにとって書くべきことは、出発したら二度とここには戻れないのを、みんなが悲しんでたり、いろんな思いを持ってるってことだよ」

エヴドキン少年はなにかいいかけたが、そのまま言葉をのみこんだ。

「わかったか」

少年がこくりとうなずくと、パヴェルはさらにつづけた。

「そうとも、悲しいなんてもんじゃない。ここではいい時間を、とてつもなくいい時間を過ごしたんだからな。だけど、みんなわかってるんだ、もうそんな時間は過ごせない、おれたちが行くところはそんなところじゃないし、いい時間なんか二度と過ごせないってことがさ。なにもかも過去のことになっちまうんだ。だからおまえは、そういうことを書かなきゃいけないんだよ」

彼はエヴドキン少年にやさしく笑いかけ、穏やかな声でいった。

「そうさ、そういうことを書いてほしいんだ」

そういったきり彼は口をつぐみ、沼のほうに視線をもどした。それからゆっくりとした手つきでシガレット・ケースを取りだしたが、蓋を開けようとはせず、片手でぎゅっと握りしめた。

エヴドキン少年の顔からは、さっきまでの困惑しきった表情は消えていた。パヴェルを見つめるまなざしは、まるで師団の指揮官か実の父親でも仰ぎみるようだった。口の端にも、まなざしにも感謝の色が刻まれ、見るものの胸を熱くした。

キャビンとシフラとぼくは、なにもいわなかった。

それ以上、なにをいうことがあるだろう。いうべきことはパヴェルが全部いってくれたし、それはみんなの望みを正確に伝えるものだったのに。そうだ、エヴドキン少年が沼のことや、ぼくたちが過ごした最高のひとときのことを、あますことなく綴《つづ》ってくれますように。

長い沈黙があった。パヴェルはもう一言もしゃべらず、身じろぎもせずにシガレット・ケースを握りしめていたし、ぼくたち三人もずっと黙ったままだった。そんなわけで、風もなく、うららかなその朝は、完全な静寂に包まれていた。

39

ところがパヴェルは、エヴドキン少年が書きはじめる前にちょっと待てと引きとめた。沼で起きたことで、まだ少年が知らないことがあったからだ。

ぼくたちは顔をよせあい、一団となった。

そうして、ことははじまった。ぼくたちは、エヴドキン少年が見ていないこと、エルマコフ伍長に連れてこられる前に沼で起きた出来事を、ひとつ残らず話して聞かせた。シフラだけはなにもしゃべらなかったけれど、それでも自分の話が出ればうれしそうにしていたし、沼で毛布を洗濯するのはシフラが思いついたんだよ、とぼくがいったときは心底喜んでいた。

エヴドキン少年はじっと耳を傾けていた。

語り手の顔を、くいいるように見つめていた。

まばたきひとつしなかった。

ぼくは一瞬、あの子に同情してしまった。みんなすごい早口でまくしたてるし、キャビンなんか、パヴェルとぼくの話が終わらないうちに途中で割りこんでくるのだ。

話は突然、ぷつりと途切れた。それで終わりだったから。

エヴドキン少年がノートをとりだし、鉛筆にくくりつけた紐をくるくるとほどいた。ノートを開くあいだも、少年の目は水辺にならんだぼくたち四人にじっと注がれていた。ぼくは、はじめていいよと合図を送り、それから大きな声でいった。

「ひとつ残らず、全部だぞ」

彼は大きくうなずいてぼくを安心させた。

パヴェルがてのひらの上でシガレット・ケースをはずませた。それからようやく蓋を開け、みんなにタバコをふるまった。エヴドキン少年はタバコを吸わなかったけど、どっちみち彼はもうぼくたちには見向きもしなかった。せっせとノートに文字を綴り、ページを繰《く》るときだけ、ちらりとこちらに目をやった。

40

なるべく身動きしないように静かにタバコを吸いながら、とりとめない考えごとにふける。そんなふうに身動きしないようにしていたのは、そのときエヴドキン少年が、ぼくたちの話したことや沼のことをノートにさらさら書きつけていたからだ。まったく妙な雰囲気だったけど、それはみんなにとっても同じだったはずだ。

キャビンはちらりちらりと少年のほうに視線を送るので、なんだか見張りでもしているみたいだった。たぶん、やつが考えていたのは、つい昨日、ここで捕まえて焼いて食った魚のことで、それをエヴドキン少年に書いてほしくてそわそわしていたのだ。なんといってもあの子は、その場に居合わせていたのだから。

キャビンがそう願うのも無理はない。ぼくにとっても、あれはここで過ごしたなかでも最高のひとときだったのだ。キャビンがつくった魚焼きの竈《かまど》はまだ置きっぱなしで、真っ黒に煤《すす》けた平らな石も、ちゃんとてっぺんに残っていた。ぼくはいてもたってもいられなくなり、エヴドキン少年に声をかけたが、書きものの邪魔はしないように小さな声でいった。

「キャビンの魚のことも忘れるなよ」

エヴドキン少年が顔を上げたので、ぼくは竈を指さした。

「うん、忘れないよ」少年はいった。

「焼いたことなんかもな」

エヴドキン少年はうなずき、またノートに顔をうずめた。

キャビンがぼくのほうを見てにっこりした。しばらくすると、彼はやはりエヴドキン少年の邪魔にならないように、低い声でパヴェルを呼んだ。

「パヴェル」

「なんだよ、キャビン」

キャビンは一度息を吸ってから、ぼそぼそといった。

「あのさ、パヴェル、出発は今夜なんだよね」

もちろん、今夜発つという話は、ほかの三人と同じように野営地で聞いていたし、ぼくもすぐに確認してやった。それでも彼はもう一度、ぼくたちのだれかからそれを聞く必要があったのだ。まるで仲間の口から聞けば、それが少しは悪い報せではなくなるみたいに。パヴェルには、そんなやつの気持ちがわかっていた。思いやりのこもった声で、彼はこたえた。

「ああ、そうだな、出発は今夜だ」

するとキャビンは宙を見つめ、ちょっとのあいだ考えこんでいた。それから足下の石を拾った。まだ聞きたいことがあるらしく、その質問を口にしたが、その声はかすかにふるえていた。

「これからも、前とおんなじでいられるかな、ずっと一緒にいられるかな？」

そんなことは聞くまでもなかった。これからも同じだという返事がかえってくることは、キャビン自身よくわかっていたのだ。それでもぼくたちは、もちろんだよ、というしぐさをした。もちろん、おれたち四人はなにも変わらない、なに考えてるんだよ、ずっと一緒に決まってるじゃないか。そうだよな、とキャビンはいった。それでもやっぱり不安そうに、こう訊ねた。

「じゃあ、いつか中隊の再編があったら？　おまえなら知ってるだろ、パヴェル、中隊はいつ編成が変わるかわからないんだよ」

沈黙があった。キャビンが怯えた声でいった。

「なあ、そうしたら、どうなるのかな」

「心配するな、キャビン。再編になったってそのときはそのとき、どうにかするさ」とパヴェルがいった。

キャビンはもう一度、そうだよなといい、今度は感謝の笑みまで浮かべた。そして次は自分が安心させる番だと思ったのか、あるいは単にお礼のつもりだったのか、ぼくたちにむかってこういったのだ。

「心配するなって、テントはオレがずっと運んでやるから」

だれも冗談をいう気にはなれなかった。頼んだぜとか、おれは絶対手伝わねえぞ、などといいかえす者もいなかった。

それからキャビンは、手にした石を沼のなかに投げこんだ。ぼちゃん、という衝撃とともに、まわりの水面がどろりと濁った。少し離れたところで、魚が跳ねた。キャビンはもうひとつ石を拾い、今度は足のあいだから放り投げた。みんな内心は恐れと不安でいっぱいだったけど、その朝いちばん心細そうに見えたのは、ウズベクのたくましき大男、キャビンだった。

「大丈夫だよ」とぼくは彼にいった。

「ほんとか、ほんとにそう思うか？」キャビンがさらに念を押した。

だが、その問いに答えたのはぼくではなかった。というのも、そのときはじめて、自分に向けられたのではない質問に、シフラがすすんで答えたのだ。やさしくて説得力のあるいつもの声で、キャビンを安心させたのは彼だった。

「うん、ほんとうだよ、キャビン。だいじょうぶ、これからもずっと一緒だから」

シフラのやわらかな口調でそういわれて、みんな気持ちが楽になった。彼が口にするのはいつものようにわずかな言葉だったけれど、わずかであればあるほど、その言葉には重みがあった。

まるで真実の一端をコツンとつくような。幼子イエスその人の口から、ぽろりともれたような趣《おもむ》きもあった。キャビンもそれを聞いて、ほっとしたようだった。

エヴドキン少年がノートに文字を埋めているあいだはずっと水辺で過ごしていたが、いつのまにか沼には背を向けていた。

少年が目の前に座って、たぶん、キャビンの魚についてどんなふうに書こうかなと考えているというのに、ぼくのほうは、奇妙な感覚に襲われていた。この腕をのばしたら、指先が夕闇にふれてしまうような。突然、野営地が引き払われ、行進をはじめた中隊が、整然と進んでゆく音が聞こえてくるような。そして見知らぬ夜のなかへ、どんどん飲み込まれてゆくような。

41

だが幸い、その晩はコサレンコ中隊が先に野営地を引き払い、出発することになっていた。ぼくたちは彼らに追いつかないように歩調を保ちながら、はるか後方から従《つ》いてゆくのだ。

コサレンコ中隊のうしろをいつまでも従いてゆきたい、せめて明日の朝までは彼らの陰に隠れていたいとぼくは思った。そしてコサレンコ隊の連中のためには、今夜は月がなく、どこまでも静かな夜道を歩いてゆけるようにと願った。

背中に陽があたるのを感じた。

水のおもてに太陽が映っていた。

今日は波もなければ風もない。ほんとうにいい日だ。

うしろの草むらで、なにかがさっと動いた。キャビンがふりかえった。なにもいない。

パヴェルはぼくのかたわらに座っていた。ゆっくりと息している。その肩が上下するのが見える。目の前を一心に見つめている。

そのときふいに、ぼくはこんなことを祈りだした。コサレンコ中隊が、ぼくたちの前を永遠に歩きつづけてくれますように、最初の弾丸が空《くう》を切る音も、砲弾が炸裂する音もいつも先に耳にしてくれますように、ぼくらの行く手に待ちうけるあらゆることを先に目にしてくれますように。そして神さまが彼らにご加護をあたえ、ぼくをお赦《ゆる》しになりますように。

42

ノートを閉じたとき、エヴドキン少年は満足そうな顔をしていた。ぼくたちは書きものの最中には身動きしたくなかったので、かんかん照りの太陽の下、横一列に座ったままひたすらじっとしていたのだけれど、そんな陽気にコート姿では暑いくらいだった。

エヴドキン少年にしてみれば、だれかが途中で動いたって大して変わりがあるわけじゃない。書くべきことは一から十まで教えられていたから、それ以上ぼくたちに用があるわけでもない。それでも彼がたまに目を上げ、ちらっとこちらを見たりすると、なんとなくその目の届くところでじっとしていれば、少しは助けになるような気がして動かずにいたってわけだ。

ノートを上衣にしまうのを待った。

それからやっとコートを脱いだ。

パヴェルがうしろの草むらにコートをひろげた。彼は水のそばに近づき、そしていった。

「ここにいようや」

こちらをふりかえり、黙ってみんなの様子をうかがってから、さらにつづけた。

「ここに残ろう、なあ、どう思う?」

ぼくは賛成した。

「いいじゃないか、エルマコフなんかかまうもんか。本部の解体くらい、どっかのトンマがやってくれるさ。トンマってのは、どこにだっているからな」

パヴェルが冷ややかに笑った。

「それに、今夜、行軍をしようなんて哀れなトンマも山ほどな。おれたちゃここに残るってのに」

ぼくは彼がいったことにすばやく思いをめぐらせた。その言葉が、やまびこのようにはっきりと聞こえた。

「待てよ、パヴェル、どうして今夜っていうんだ?」

彼はこたえなかった。瞳に太陽が映っていた。彼は制帽の庇《ひさし》をおろした。目の上に庇の影が落ちてきても、瞳はなおも光を放っていた。

パヴェルが庇をおろしたとき、ぼくのとなりにいたキャビンがもぞもぞと体を動かした。パヴェルの言葉が、彼の頭をゆっくりと温めだしたのだ。

「ここは居心地いいだろ、キャビン」パヴェルがいった。

キャビンはちょっと下をむいたが、すぐに顔を上げ、不安そうな声でいった。

「うん、いいよ」

パヴェルは、いまの聞いたか、というように両腕をまっすぐ伸ばし、キャビンのほうを指さした。それからまた沼のほうに向きなおり、帽子の庇を上げた。こちらに背中を向けたままで、ふいにいった。

「もうまっぴらなんだよ、あんなに気狂いみたいに歩くのはさ」

キャビンとシフラとぼくは、もはやそれぞれが独りきりでそれに立ち向かうしかなかった。三人とも、パヴェルがなにを持ちかけているのかわかってからは、なんの力もなく、不安でいっぱいだった。それにパヴェルはこちらに背を向けたきり、もう一言もしゃべりたくないらしいのだ。

ぼくは力なく彼の名を呼んだ。

「パヴェル」

「なんだよ」

小さな声でいった。

「なにいってるんだよ、パヴェル、今夜、隊に戻りたくない理由でもあるのか」

彼はそれにはこたえず、やはり背中を向けたまま、沼を見ながらキャビンにいった。

「なあキャビン、おまえ、もっと魚を捕りたくねえか」

キャビンが困ったような顔でぼくたちを、シフラとぼくをかわるがわる見つめた。ボンヤリした目をしばたたかせ、落ちつきなく動かしている。

「おい、なんとかいえよ、キャビン」とパヴェルがじれったそうにいった。

「捕りたい」とキャビンは思ったとおりを口にし、それからこうつづけた。

「だけどやっぱり、ここの魚は小さすぎるんだ」

パヴェルがうなずいた。

「だが、でかい魚もいるかもしれないぜ、キャビン」

「そんなのは見なかった。小さいやつしかいなかったよ」

パヴェルはあいかわらず沼のほうを向いたまま、キャビンの説得にかかった。

「それなら、でかい獲物《えもの》が見つかるまで小さいのを捕ればいい。底のほうには絶対いるぜ。四人でやりゃあ捕まえられる。調理はおまえにまかせるよ、キャビン、おまえはもうコツをつかんでるからな。魚を捕ったらみんなで食おう。そして夜はここで寝て、雨が降ったら駅に移動だ。駅舎は徹底的に掃除して草をどっさり運んでくる。たまには毛布やタバコを徴発してきてもいいが、夜は駅舎にもどるんだ。なあ、いいじゃねえか、魚に飽きたら、鶏やポロネギをもらってもいい」

「じゃあさ、今日、捕まえようよ、でっかいやつ」キャビンが勢いよくいった。

「もちろんさ、キャビン」とパヴェルがやさしくいった。

キャビンは大きな声でつづけた。

「捕まえたらオレの竈《かまど》で焼くんだ、それから、隊へ帰るんだ」

パヴェルはぴくりとも動かず、返事もしなかった。

「なあ、パヴェル、すぐとりかかるだろ?」

「ああ、おまえがそうしたけりゃな、キャビン」とパヴェルが悲しそうにいった。

するとキャビンは喉をつまらせ、しぼりだすようにいった。

「でも、そのあとは隊に帰るんだよ、そうだろ?」

行軍の日々のように、長く、空っぽな沈黙があった。

パヴェルがうなずいた。

キャビンが突然、あわてふためいた声でいった。

「特大飯盒がない!　テントに置いてきちゃった」

「なんだって」

「魚を捕るにはでっかい飯盒がいるんだよ。あれがないとダメなんだ!」

それだけいうと、彼はなにも考えず、野営地にむかって走りだした。バカ、もどってこい、とぼくは叫んだ。エルマコフに見つかったら、一日じゅう本部の解体をやらされるぞ。

草の上を飛び跳ねながら、キャビンが叫んだ。

「オレ、要領がいいんだ。見つかるもんか」

キャビンの姿が草むらに消えた。

ぼくはもう一度、彼を呼びもどそうとした。

だが、それより先に遠くから声が聞こえてきた。

「要領がいいんだ!」

いや、キャビンの場合、それはない。腕力では、パヴェルとシフラとぼく、三人合わせたってかなわないし、信じられないくらい力持ちだし、頼りになるし、声なんてカミナリみたいだけど、要領がいいとばかりはいえないのだ。

一瞬、あとを追いかけようかと思ったが、もう追いつける見込みはなさそうだった。

パヴェルが沼の前にしゃがみこんだ。帽子をうしろに引っぱった。澱《よど》んだ水に両手を浸した。ちょっと水をかきまぜた。それから手をひっこめ、濡れた手で顔をぬぐった。いつのまにか時は過ぎ、すでに陽は高く昇っていた。

43

シフラが腰をおろし、小銃を横にして膝の上にのせた。

さっきまでの彼は、じっとその場に立ちつくし、ちょうど父親と母親の話しあいに居合わせて、自分の将来が決められようとしているのにそれをどうすることもできないといった怯えた視線を、ときどきこちらに投げかけていた。

それが、彼のしたことのすべてだった。

でも、だからといって、彼がただそばにいるだけの、影みたいなやつだなんて思わないでほしい。そうじゃない、そういうことをいってるんじゃないんだ。ぼくがいってるのは、彼がちゃんとそこにいたってこと、やさしくて、思いやりがあって、口数は少ないけど、すべてを見通す預言者のような、あのやさしい眼をして、いつもそばにいてくれたってこと、ぼくがどうしてもわかってほしいのはそういうことなんだ。

44

うしろの草むらから出てきたキャビンが、頭の上で特大飯盒をふりまわしながら叫んだ。

「ほらな、要領いいだろ」

なるほど、今回はたしかに要領よかった。だが、運のほうにもよっぽど恵まれていたにちがいない。キャビンは長靴を脱ぐとすぐに水のなかに入っていった。ぼくたちは、野営地の様子はどうだった、テントの片づけははじまっていたか、と訊ねた。水のなかをざぶざぶ進みながら、彼がいった。

「見なかった」

パヴェルが唖然《あぜん》とした調子でいった。

「見なかったのか！」

「うん、見なかった」

キャビンは膝まで入ったところでうしろをふりかえり、エヴドキン少年にいった。

「でかいのを捕ったら、そいつのことも書いてくれよな」

もちろん書くよ、とエヴドキン少年がこたえた。キャビンは腰をかがめ、水のなかに特大飯盒を沈めてそのまま動かなくなった。つかまえたよ、とやつが叫んだのは、それからまもなくのことだった。さっそく岸辺に上がってきて、みんなに魚を見せる。そんなにでかくはない。キャビンは腰をおろし、魚の入った飯盒を足のあいだに置いた。食うのかと訊ねると、いや、泳いでるのを見てるだけ、とこたえる。ぼくたちは魚を眺めている彼をそっとしておいた。

ぼくが岸辺に立って、もうあれこれ考えるのはやめよう、とにかく今夜のことは考えないようにしようと思っていると、キャビンがぼくの名を呼んだ。

「ちょっと見に来いよ、ベニヤ」

なんだか内緒話でもするような声だ。

キャビンは横に座れと合図すると、黙ったまま、なにか空中でゆらゆらするものを指さした。すごく小さな葉っぱのかけらだ。ちょうどぼくたちの眼の高さで、宙にぽっかり浮かんでいる。ぼくは一瞬ぎょっとしたが、次の瞬間、ほとんど目には見ない、クモの糸のようなものが、その葉っぱを吊っていることに気がついた。キャビンには、その糸が見えないのだ。

糸のことを教えてやろうかと考えていたとき、野営地から号砲が鳴り響いた。長い間隔をあけて三発。了解。号砲の響きが消えると、キャビンは、まだ宙に浮いている葉っぱをよけて立ちあがり、魚を放しに行った。ぼくたちはコートを拾い、銃をつかむと、パヴェルのほうにいっせいに眼を注いだ。この沼について、なにかいってくれると思ったのだ。だが彼はなにもいわず、一行は出発した。

45

ぼくたちは枕木に腰かけていた。すでに荷づくりは終え、荷物の上には丸めた毛布がくくりつけられている。キャビンがいつでも背負えるように、テントもきちんとたたんである。野営地には、ぼくたちと同じように荷物の横に座りこみ、待機している連中がそこかしこにいた。陽は沈みかけていた。森を出てから、火影がここに見えないのも、ぱちぱちと薪の爆ぜる音がしないのもはじめてのことだ。物音はほとんどしない。ときどき、となりのやつらがひそひそ声でしゃべっている。

エヴドキン少年はそこにはいなかった。線路をいっしょに歩いてきた子と話をしにどこかへ行っていた。

ぼくの横にはシフラがいた。せめて、持って行くのが清潔な毛布でよかったよ、と話しかけると、コートも洗っておけばよかったね、とこたえた。うん、洗えなくて残念だ。そう返事をしたとたん、ぼくは思った。そんな日があと一日でもあったら、沼にコートをざぶんと浸けたり、ごしごしやったりして愉快に過ごせたら。そして、洗ったコートを陽なたに干してやる日が、さらにもう一日あったら。

コサレンコ中隊が野営地に入ってきた。先頭がコサレンコとその隊の伍長。つづく兵士は、まるまる肥った、立派なラバを五頭連れている。おそらく、どこかで徴収してきたものだろう。彼らのラバ、つまり軍に支給されたラバは、ぼくたちと同じように森のなかで食べてしまったから。

隊列が止まった。コサレンコの前に、ぼくらの隊長が進み出る。両隊長の握手。ぼくらの隊長がタバコを取りだし、ふたりの会談がはじまる。

すでにあたりは暗すぎて、冬の森で会った連中がどこにいるかはわからなかった。

二人のタバコがともに尽きたところで、コサレンコは、伍長とラバ引きに声をかけた。隊列にいた連中が二頭のラバの背荷物を下ろし、別の三頭に積みかえた。ぼくらの隊長が部下をひとり呼びだし、この二頭を連れてゆけと命じた。そして彼が時計に目をやった直後、コサレンコが出発の号令をかけた。部隊は動きだし、ぼくは、一時間後にはぼくたちもこうしているんだと思った。

隊列が闇のなかに消えてゆくと、パヴェルが向かいの枕木から立ちあがり、なにかの物音に耳を澄ませるようにあたりを見まわした。

「どうしたんだ、パヴェル」ぼくは訊ねた。

返事はなかった。彼はただ首を横にふり、また枕木に腰をおろした。

「ところでさ、さっきのあれ、なんで浮いてたんだ」ふいにキャビンが訊ねてきた。

「なにが?」

そう訊きかえしてから、ぼくは宙に浮かんだ葉っぱのことを思い出した。

「さあな、キャビン。そういうもんなんだろ」とごまかした。

キャビンはがっかりしていた。でも、そうこたえてよかったのだ。ぼくは急に、心配するなとやつにいってやりたくなった。こんな時間はさっさと過ぎて、はやく出発できたらいいのにとも思った。四人とも、気が脱けたようにしゅんとしていたし、不安でたまらなかったのだ。ぼくはできることなら、三人をぎゅっと抱きしめてやりたかったけど、三人とも、それからぼくも、そういうのは大の苦手なのだ。でも、そんなことを考えて、その様子を思い浮かべたら、なんだかすっかりそうした気になって、前よりいっそう悲しくなった。

やがて時は過ぎ、ぼくらは出発した。

46

部隊は野原をかきわけて、暗闇を進んでいた。

ぼくはパヴェルの横を歩いていた。ぼくたちの前にはキャビンとエヴドキン少年。さらにその前にはシフラがいた。キャビンは背中にテント、腹には背嚢《はいのう》という格好だ。エヴドキン少年は自分の毛布とテントの支柱を持っていた。

暗すぎて見通しはきかず、中隊の列がどれくらい続いているのかはわからなかった。

空も暗くて、まるで草原を逆さにしたみたいだ。ときどき雲の切れ目から月明かりがもれ、野原や隊の連中をうっすらと照らすこともあったけど、みな思い思いの荷物を抱え、毛布に背嚢だの、小銃に装備一式をかついでいたので、どの影も奇妙なかたちに見えた。

なかにはベルトの両脇に水筒や鉄製の食器をぶらさげ、ひっきりなしに音をたてているやつもいる。そういうのはどうしようもないバカだ。

とはいえ、隊列が相当長く続いていることはまちがいなかった。先頭にはコサレンコから譲られたラバがいたはずなのに、ひづめの音がいっこうに聞こえてこなかったからだ。

バカどもの鳴らす金属音が聞こえた。

「おい、そのナベ、しまっとけ！」だれかがいう。

「うるせえ！」別のだれかがこたえる。

エルマコフ伍長は、それほど離れてはいなかった。暗闇のなか、どこか前のほうで彼がどなった。

「黙れの号令は俺の役目だ、全員、静粛に！」

ベルトにブリキをぶらさげ、がちゃがちゃいわせていたバカのひとりが、小声で歌を口ずさみはじめた。すごく小さな声だったので歌詞は聞きとれない。でも、そのリズムが、水筒と皿のぶつかる音に合わせていることはすぐにわかった。

キャビンがふりかえり、パヴェルとぼくに歌が聞こえるところを顎でしゃくってみせた。どうやらけっこう気に入っているらしい。

歌声は長くは続かなかった。息が切れたのか、あるいはもう歌うのにあきてしまったのか。隊列はそのあともひたすら進みつづけた。歩きながら咳をしたり、ぼそぼそしゃべったりする者もいたが、奇妙なことに、それがふっつりとぎれたとたん、いまは夜なんだと気づかされる。そんなとき、ぼくはきまってこう思った。パヴェルは、少なくとも今夜だけは、シフラに喉を切られ、怯えきって目を覚ますこともないんだな。それはパヴェルにとっても、シフラにとっても喜ばしいことだった。というより、ぼくはそう考えようとつとめていた。実際には、心の底から喜んでいたわけじゃなかったから。ぼくにしてみれば、パヴェルと二人であんなふうに過ごせるようになったのは、パヴェルを悩ます悪夢のおかげにほかならない。だからといって、パヴェルとシフラのために心から喜べないというのは、少し恥ずかしいような気もした。

前方で、なにかが軋むような音が聞こえ、近づいたと思ったら、そこはもう橋の袂《たもと》だった。音と暗闇のせいで、橋の下に水が流れているかどうかはわからなかった。

床板がギシギシいう音はしだいに遠のき、やがてまったく聞こえなくなった。

行進は黙々と続き、しゃべるものはいなかった。

前方に見える影のなかでも、キャビンの影は、とびきり奇妙であやしげだった。テントと背嚢を抱えている上に、銃の台尻が首からにょきっと生えているように見えたからだ。

だいじょうぶか、と小声でパヴェルに訊いてみた。だいじょうぶ、と彼はこたえた。その声が耳に入ったらしく、キャビンがふりかえった。ぼくはキャビンにも同じ質問をした。絶好調だよと彼はいい、前にいたシフラの肩をぽんとたたいた。シフラもこちらをふりむき、こくんとうなずいた。エヴドキン少年もまだしっかりしているようだった。少年はときどき、空を見上げていた。

47

小休止になった。いったいどれくらい歩きつづけたのか、みなすぐに息があがってしまう。パヴェル、キャビン、シフラ、エヴドキン少年とぼくは道中に背嚢をおろし、その上に座りこんだ。そして夜の寒さに凍えないうちに肩に毛布をかけた。

隊列の前方からやってきたエルマコフ伍長が、ちょっと眠ろうと野原に転がっていた連中をかたっぱしから引きずりだした。なかにはもう眠りこけている者もいて、そういうやつらは起こされるときまって妙な行動をした。直立不動でつっ立ったり、暗闇のなかで暴れだしたり、ここはどこだときょろきょろしたりするのだ。

エヴドキン少年はフェルト地の農夫靴を脱いでしまい、ぎゅっと足首を押さえていた。パヴェルはぼくの肩越しに、なにかをじっとにらんでいた。

ようやく一息ついた。冷気は毛布のなかにもじわじわと沁《し》みこみ、汗を凍らせた。

ふいにキャビンが、エヴドキン少年に話しかけた。

「森のなかでは、立派な小屋に住んでたんだ」

少年がキャビンのほうに顔を上げた。

「ストーブもあったんだよ」とキャビンはつづけ、それからパヴェルに声をかけた。

「な、パヴェル？」

「ああ、そうだな」

それからキャビンは急に思いついたようにこういった。

「だけどさ、パヴェル、あの小屋、どうして燃やしちまったのかな」

パヴェルは、さあなというように肩をすくめた。キャビンはそれに満足せず、今度はぼくに訊ねた。

「なあ、どうして燃やしちまったのかな」

「もう必要なくなったからさ、キャビン」

「そうかなあ」

「そうだよ」

するとキャビンは、困ったときはいつもそうするように、もう仲間には目もくれず、ひとりでじっと考えこんだ。

エヴドキン少年は、出発の号令がかかったときもまだ足首を押さえていた。靴紐を通すのにひどくてこずっていたので、ぼくはいっしょに残ってやった。彼は遅れたら大変だとあせっているのか、ますます手間取ってしまう。

「そんなにあわてるな、待っててやるから」

そう声をかけたとき、彼は靴を左右逆にはいてしまったことに気がついた。立ちあがり、毛布を巻きはじめたときには、二人を残して全員が出発していた。

「毛布はもうちょっとかけておいたほうがいい」とぼくはいった。

少年はそれを肩にかけなおした。それからテントの支柱をつかみ、二人で出発した。

いっしょに残ってくれたことに彼はひどく感謝して、テントの支柱をぴんとたてて持っていた。二人が歩いていたのは列の最後尾。パヴェル、キャビン、シフラはずっと先のほうにいるらしく、どこにも見えなかった。

「気分はどうだ」とぼくは訊ねた。

「いいよ」

「そいつはよかった」

少年が訊ねた。

「一晩じゅう歩くの?」

「だろうね」

暗闇のせいで、ぼくたちは声をひそめて話していた。

「沼のことは書きおわったのか」

「だいたい」

「ゆっくり書いていいんだぜ」

「うん、でももうすぐ終わる」

ぼくはエヴドキン少年をリラックスさせるつもりで、こういった。

「キャビンの魚のこと、忘れるなよ」

「忘れないよ」

「どれだけこだわってるか知ってるもんな」

「うん」

ぼくはそこで一呼吸おき、言葉を探した。

「じゃあさ、沼の話が片づいたら、その次はおれの気に入るやつを書いてくれよ」

それだけいうと、ぼくはさらに言葉を探した。

「書いてもらいたいのは、つまり、パヴェルのことなんだ。パヴェルとおれが出会えたことは、すごい幸運だったって、そう書いてほしいんだ。もちろん、キャビンとシフラに出会ったことも幸運だよ、でもパヴェルの場合はさ、ああ、どういえばわかるんだろ、もっと、とてつもなく幸運なことなんだ」

「うん、わかるよ」

少年はぼくの話に注意深く耳を傾けていた。

「好きなように書いていいし、たっぷり時間をかけていいんだ」

少年がうなずいた。

しばらく間をおいて、ぼくは訊ねた。

「パヴェルは、同じようなことをいいにこなかったかい」

「うん、こなかった」

ぼくは足を速めた。

「あいつらに追いつこう」

隊列をどんどんのぼってみんなに追いつくと、そのあとは闇のなかを歩いて歩いて歩きつづけた。その途中、村落や、鬱蒼《うっそう》とした森を通過することもあった。もうずいぶん前から、ぼくたちも、まわりの連中も、いっさい話はしなかった。

ぼくはまずシフラと歩き、次にパヴェルと歩いていたが、やがて二人とも見失ってしまった。そして見失ってはじめて、自分が独りぼっちで歩いていること、隊のだれかがとなりにいても、そいつの名前すら知らないことに気がついた。

48

ときどき、小銃に体をもたせかけ、道端に立っているエルマコフ伍長の前を通り過ぎることがあり、そういうときは、伍長の前を通過する、はるか手前にいるときから、「前進」とのかけ声が聞こえてきた。

でも、前進する以外に、いったいなにができただろう。

隊列は道路を出て、野原に入った。遠く左手にはうっそりとした暗い一帯があって、そこは森のはずれだったが、そのときに見えたのは、上空の黒雲からかいまみえる星々の瞬《また》きだけだった。

一行は草の刈りとられたところを進んでいた。目につくのは、まわりにも前方にも、腰の曲がった人影や、よろよろした人影ばかり。夜目のきく人なら、もっと遠くまで同じような人影が見えただろう。

ぼくはそのとき、独りきりで歩いていた。どこかにキャビンらしい巨大な人影が見えないかと探したが、彼は夜目には見えないところにいたか、もっと後方にいたらしい。思わずぎゅっとこぶしを握りしめたぼくは、その瞬間、小銃をなくしたと思った。実際には背嚢の留め金に引っ掛けてあったのだが、いつそんなところに掛けたのか、まるで覚えがなかった。

前方にパヴェルらしい姿が見えた。彼に追いつく力はなかった。ぼくは彼の名前を呼んだ。返事はなく、ふりかえる者もいなかった。

ぼくは思った。人違いだ、そうじゃなければ聞こえなかったんだ。

それからまもなく、止まれの号令がかかった。そして号令と同時に、ほとんど全員その場に倒れこんだ。ぼくはみんなを探してジグザグに歩きつづけ、まずシフラを見つけた。それからみんなの名を呼ぶキャビンの声が聞こえた。声のするほうに行くと、エヴドキン少年を連れたパヴェルがやってきた。

ぼくたちは背嚢を下ろすことも忘れて草の上に座りこんだ。みんな目はうつろで、口を閉じることもできなかった。エヴドキン少年は、うめき声をあげながらその場に転がった。パヴェルが少年のほうに身をかたむけ、

「ここでは眠るな」といった。

少年はぴくりとも動かず、返事もしなかった。

「わかるか、眠ってはだめだ、休むのはいいが、眠るのはだめなんだ」

彼の声はやさしかった。少年がうなずいた。その眼はほとんど錯乱し、口角から泡を吹いていた。ぼくは自分の荷物を下ろし、少年の背中にあてがってやった。少年はしばらくそこによりかかっていたが、やがて顔を伏せ、しゃくりあげはじめた。

「しっかりしろ、おれたちがついてるじゃないか」ぼくはいった。

キャビンは少年から目を離さない。すっかり無口になって、泣きじゃくる少年をせつなそうに見つめている。

ぼくはふと思い出していった。

「時計はだれが持ってる?」

パヴェルがポケットからそれを取りだした。彼はぼくのさしだした手に時計をのせてくれた。ぼくは蓋を開け、そこにキスをした。つづいてキャビンが熱烈なやつをし、それからキャビンに大まじめな顔で説得されて、シフラまでが、おそるおそる唇の先をつけた。胸が熱くなった。彼が時計にキスしたのは、それがはじめてだったから。ついにしてくれたんだとぼくはうれしくなったし、それが幸運の時計だというのはぼくたちの作り話だとわかっているのに、いや、ひょっとしたらほんとうに幸運をもたらしてくれるんじゃないか、と思ったりした。時計がひとまわりしてもどってくると、パヴェルはそれを、エヴドキン少年にさしだした。

「おまえもやれ」

少年はもうほとんど泣きやんでいた。時計を手にしたまま、じっとぼくたちを見つめている。ぼくは励ますようにいった。

「蓋を開けて、写真にキスするんだよ」

彼はいわれたとおりにし、時計をパヴェルに返した。ぼくたちは背中に毛布をかけた。森の上空、遥か遠くの左手の空がうっすらと青みがかっていた。パヴェルがタバコを取りだし、みんなに配った。いがらっぽいやらなにやらひどい味だったが、それでも最後まで吸ってしまうと、今度は睡魔《すいま》との闘いがはじまった。エヴドキン少年にはつらい闘いだった。

夜が明けても、ぼくたちはまだ草原の同じところに座っていたが、そのころには自分たちやほかの連中がどこにいるのかわかるようになっていた。彼らはまわりに点々と散らばり、ほとんどが眠りこけていた。コサレンコから譲られたラバは、本部と炊事場の資材が入った箱を背中に乗せたまま、ならんで草を食《は》んでいた。

草原に、エルマコフ伍長の声が響きわたった。

「火は禁止!」

その命令が次々に復唱された。

「火は禁止!」

「火は禁止!」

だれかがエルマコフの口調をまねていった。

「女は禁止！」

そんな悪ふざけに対して、エルマコフはいつものように怒りだすどころか、いつになくこんな返事までした。

「いや、女は禁止じゃない、ただし引換券が必要だがね」

「ポケットにたんまり入ってるもんな、伍長殿？」

「ああ、欲しけりゃ来い、一枚やろう」

「行くともさ」

はるか前方には、色とりどりの細長い掘立小屋《ほったてごや》がならび、その左手には広大な森がひろがっていた。森は低い丘につらなり、そのむこうには町があった。町は見えたわけではないが、幾筋もの灰色の煙が森の上空まで漂ってくるのでそれとわかった。

丘のむこうに町があるということ、それはまもなく町を訪れるというすばらしいニュースでもある。少し離れたところに、中隊長のカリヤーキンが立っていた。やはり肩に毛布をかけ、掘立小屋のほうをじっと見つめていた。

49

起立の号令がかかると、それまで眠りこんでいた連中も無理やりたたき起こされ、足下をふらつかせながらやっとのことで立ちあがった。いうまでもないけど、そのとき、彼らの眼には殺気がみなぎっていた。起こした連中を半殺しにでもしかねない様子だった。

中隊はふたたび列を組んで、色とりどりの掘立小屋のほうに向かった。小屋が建っているのは、中隊が進んできた畑の一角で、すでに野菜の苗がずらりとならんでいるところがそこかしこにある。エルマコフ伍長は、苗を踏まないように隊列を注意深く指揮していた。でも、すでに踏み荒らされているところを見ると、コサレンコ中隊がそこを通ったことは確実だった。

それでもなんとか踏まないように気をつけているうちに、隊列はくずれ、中隊全体がばらばらになった。

パヴェルと二人で、黄色に塗られた小屋のなかに入った。窓はなく、なかは薄暗い。奥のほうで、きれいに磨かれたツルハシとロープを見つけた。小屋の外では、キャビン、シフラ、エヴドキン少年がぼくたち二人を待っていた。パヴェルはツルハシをかざしながら、テントのまわりに雨除けの溝を掘るのに使えそうだといった。彼は携帯しやすいように、ツルハシの柄《え》をぽきんと折った。最初の砲弾が発射され、すさまじい爆音をたてて隊列の前に落下した。ラバが森のはずれに走りだすと同時に、根こそぎにされた大量の土塊がドサドサと降ってきた。

野菜畑のあちこちで砲弾がうなりを上げていた。みんな、地面に投げだされたまま、動けずにいた。ぼくはキャビンに折りかさなるようにして、あおむけに倒れていた。エヴドキン少年は小屋の裏手でひざまずいていた。テントの支柱を両手で支え、まるでそこにしがみついているみたいだった。パヴェルが、伏せろ、と少年に叫んだ。うしろからシフラが匍匐《ほふく》で進んできた。彼がこちらに到着したちょうどそのとき、森のはずれから二度目の一斉射撃が開始されたが、今度の砲弾は前よりも近いところで炸裂した。小屋がひとつ吹っ飛ばされ、板の破片がばらばら落ちてくる。ぼくたちは頭に背嚢をのせた。手彫り屋のヤソフが前方を通り過ぎた。四つんばいになり、ものすごいスピードで小屋のほうに向かっている。後方から、名前を呼びかわす声が聞こえた。もっと前のほうでは弾をくらって泣きだす男がいた。しばらく待ってみたが、もう砲弾は発射されず、ふたたび静寂がもどった野菜畑に、さっきの男のすすり泣きの声だけが聞こえていた。ぼくは頭をもたげ、森のほうに目を凝らした。なにかが動く気配はなく、なにも見えない。ラバの姿もすでになく、見えるのは一帯にひろがる暗い下草だけだった。なにも見えない、とぼくはいった。

パヴェルも頭を起こした。シフラが小銃に弾を込める音が聞こえた。キャビンは地面にはいつくばったまま、エヴドキン少年のほうに進んでいる。バカ、なにやってんだよ、とパヴェル。あの子の様子を見てくるんだ、とキャビン。男の泣き声がやむ。もうなにも聞こえない。

むこうには大砲、そしておそらく機関銃もあるだろう。こちらが身を起こし、走りだすのを待っているのだ。だが、走るといっても、どっちに走ればいいいんだろう。キャビンはすでに小屋のうしろに到着し、倒れていたエヴドキン少年の頭にテントをかぶせてやっていた。シフラは銃をかまえ、森に照準を合わせている。ひそひそ声はしだいに高まり、はっきりした話し声や、名前を呼びかわす声に変わった。さっきまで泣いていた男は、泣きやんだと思ったら、今度は金切り声をあげた。シフラがぼくの肩をつつき、森の横をぬけて丘のほうへ駆けてゆくラバたちを指さした。ぼくはごろりと姿勢を変え、その時が来たらすぐに走りだせるように方向を見さだめた。逃げ道は後方、森とは反対側の野菜畑が途切れるあたりだ。そちらには一本道があり、その道を越えると、高台につらなる広大な原野がひろがっている。

散開の命令が届いた。一瞬の静寂のあと、カリヤーキン隊長の呼び子が鳴りわたった。中隊はいっせいに森の反対側に突進した。キャビンとエヴドキン少年が追いつくのを待って、ほかの三人も走りだした。キャビンは拾ってきたテントを腕に抱えている。機関銃がふたたびうなりを上げはじめ、ほとんど同時に砲弾の投下も再開された。

何人かが弾を食らい、悲鳴を上げはじめた。負傷者を待っていると、エルマコフ伍長がその悲鳴よりもさらに大声で、止まるなと叫んだ。それでまた走りだした。弾がひゅうと空を切る音は、一発の大砲が落ちた瞬間、爆音にかき消された。一本道にたどりつく。道端の壕に、まずはパヴェル、エヴドキン少年とぼくが飛び込み、そのあとにキャビン、シフラが続く。壕に転がり落ち、必死に呼吸を整える。突然、キャビンが身を起こし、力いっぱいシフラを呼びはじめた。まるで彼がまだむこう側に、野菜畑にいるみたいに。だが、彼は壕のなかにいた。体じゅうが血まみれだった。その眼はぼくたちみんなを見ているようでも、なにも見ていないようでもあった。パヴェルに頭を抱き起こされると叫び声をあげたが、その叫びは、言葉であれ、どんな手段であれ、とても表しようがない、ああ、さもなければ、ぼくに言葉をくれ！　パヴェルはシフラの頭をおろし、わかった、もうさわらないよ、と約束のしぐさをした。

シフラはいまや下顎をふるわせながら、じっと空を見つめているようにみえたが、彼がそんなにも絶望的な目をするのを、ぼくはそれまで見たことがなかったし、キャビンの顔に絶望の色が浮かぶのも、一度も見たことがなかった。中隊の連中は、すでに全員壕を飛びこえ、一本道をわたり、退避先の高台をめざして草原の斜面をのぼっていた。いつしか攻撃はやみ、あたりは静まりかえっていた。だが、そのときぼくは、三脚つきの機関銃を抱えた男たちが、森を抜け、こちらに近づいてくるのを認めていた。キャビンは、シフラのすぐかたわらにひざまずいていたが、もうシフラのほうに目を向けることができず、パヴェルとぼくをかわるがわる見つめていた。と、パヴェルが突然、キャビンにむかって、この子を連れていけ、二人で高台へ走れといった。キャビンはシフラの脚、傷口からできるだけ遠いところにキスをすると、テントを拾ってエヴドキン少年の腕をつかみ、二人で壕を飛びだし、道を抜けていった。眼をつぶれよ、とパヴェルがシフラにいった。シフラはすなおに眼をつぶった。パヴェルはそっとその頬をなで、身を起こすと、シフラの首に銃口をむけ、引き金をひいた。ぼくらは壕の外に飛びだし、一本道を横切り、野原の斜面を斜めにわたりはじめた。その途中、拳銃を手にしたカリヤーキン隊長を追い越した。機銃掃射はすでにはじまり、カタカタと音をたてていた。キャビンとエヴドキン少年に追いついたとき、喉が焼けるように痛み、大砲はいたるところで空をふるわせ、大地をえぐっていた。

すでに高台に到達していた連中は、高台の裏側で倒れているか、はるか彼方の機関銃にむかって小銃を撃ちならしていた。撃ちながら力いっぱい罵りの声を上げていたのは、ぼくたちの小銃にはまるで飛距離がないためだった。

それからまもなく頂上に到着した。ぼくの前を走っていたエヴドキン少年が、テントの支柱をとり落とし、ぱったりと倒れた。その体には、何発もの弾丸が撃ちこまれていた。ぼくは支柱を拾いながら少年の脇を走り抜けた。そしてすぐに地面につっぷし、うしろ向きに這《は》ってエヴドキン少年のもとに引きかえした。ぼくは彼の上衣をひろげ、ノートを取りだした。

50

その高台を離れ、逃走を開始したのは、追手がふもとに到着し、こちらの射程距離に入ってくる前だった。逃走中にはいくつもの丘を越えたが、どれも似たような森に覆われた、似たような丘ばかりで、いま進んできた道をまた引き返しているような、同じ丘をぐるぐるめぐったあげく、どこにも辿りつけないような感覚におそわれた。

午《ひる》ごろ、エルマコフ伍長が点呼を取った。

ぼくたちは木立《こだち》のなかにいた。点呼を取られているあいだ、だれも伍長のほうに目を上げようとはしなかった。隊長のカリヤーキンはひとり離れたところでじっとうずくまっていた。丸めた背中には毛布が無雑作に引っかけられ、首に下げた呼び子が、小刻みに揺れていた。

夕方、丘の斜面にテントを張った。パヴェルは拾ってきたツルハシで設営地の地面を削り、傾斜をいくらか平らにした。ランプに火を灯け、支柱にぶらさげると、三人の影とランプからのぼる油煙の影が天幕に映しだされた。キャビンは横向きに寝ていた。パヴェルは目を開けたまま、あおむけに寝ていた。ぼくは二人のあいだに座ってテントの入口から外を眺めていた。眼のすぐ近くにランプがあったので、外の景色はなにも見えない。それでもしばらく眺めていると、ふいにキャビンが嗚咽《おえつ》を上げはじめた。それは鼻から洩《も》れているらしく、なんだか不気味な音だった。

ややあって、パヴェルがいった。

「やめろ、キャビン」

キャビンの嗚咽はやまなかった。パヴェルは一瞬黙ると、今度は歯ぎしりしながら、

「その音、やめろ!」

だがキャビンは、その痛ましくも不気味な音をたてつづけた。

パヴェルが片肘をつき、

「黙れといってるんだ!」

ふいにキャビンが身を起こし、二人の間にいたぼくをつきとばしてパヴェルに飛びかかった。相手の体に馬乗りになり、大きな手で首をギリギリ締めつけながら、言葉にならない悲痛な叫びを上げはじめる。パヴェルはかたく目を閉じたまま、喉に指が食いこんできても跳《は》ねのけようともしなかった。

キャビンは手を放した。テントの隅にもどり、さっきと同じ場所に横になると、もうぴくりと

も動かず、嗚咽も上げなかった。パヴェルは呼吸を取りもどしていた。ランプはめちゃめちゃな方向に揺れうごき、布地に映る影は、もはやこの世のものとは思えなかった。

ランプの揺れがおさまると、ノートのことを思い出した。ぼくはポケットからそれを取りだし、膝にのせた。ノートは一度バサリと床に落ち、拾いあげてからページをひらいた。

だが、ぼくはだまされなかった。エヴドキン少年は、ぼくと同じように、字なんかほとんど書けなかったのだ。ノートには数ページにわたって文字がびっしりつらねてあったが、その文字がどれひとつとして言葉をなしていないことは、あまりにも明白だった。

ぼくの手には鉛筆があった。この鉛筆で文字をかいてみたい、やってみるんだ、そんな思いがどうしようもなくあふれてきた。でも、そのときのぼくには、できなかった。ぼくは鉛筆をノートにはさみ、ポケットに入れておもてに出た。

テントの輪郭だけがくっきりと浮かんで見えた。なかから物音が聞こえ、目の前には真っ暗な空がひろがっていた。

エヴドキン少年が、こんなにもお粗末な文字しかつづれなかったなんて――それからぼくは、沼はどうなるんだ、死んだ馬たちはどうなるんだ、シフラの器用さは、いまや死者となったぼくらの同胞は、みなどうなってしまうんだと猛烈な勢いで考えはじめた。

ぼくはテントの前、丘の斜面に立ちつくしたまま、空と向きあっていた。ポケットに入れたノートが腹にあたるのを感じ、さっきの思いがふたたび胸に湧きあがってきた。やってみようか。そう、でも、ぼくにはわかっていた。まだ、はじめもしないうちから予感があったのだ、空は果てしなく、言葉にはできない、と。

あれから月日は流れたが、ぼくは今なお、シフラよ、おまえはいまどこにいるんだい、だれにあとを見てもらったんだいと考えずにはいられない。どれほど多くの歳月が過ぎ去ろうと、シフラはいまどこにいるんだろう、だれにあとを見てもらったんだろう、遺灰はどこにあるのだろう、彼の父親と母親はどのようにして亡くなったのだろう、そして、シフラのようにやさしい眼をした人間は、この広い世界のどこにいるんだろう、この広い世界のどこに、パヴェルとキャビンはいるのだろう、そう問わずにはいられない。ぼくは今、この思いをわかってもらおうとして、ひたすら途方に暮れている。徒労をかさね、逃げも隠れもできなければ、身の置きどころもなく、うなだれるばかりだ。

訳者あとがき

本書は二〇〇三年に発表された Hubert Mingarelli, *Quatre soldats*, Éditions du Seuil, 2003 の翻訳である。ユベール・マンガレリは一九五六年、ベルギー・ルクセンブルク国境に近いロレーヌ地方のサン・マルタンの生まれ。作家デビューは一九八九年で、初期の五作は少年少女向け叢書に収められていた。『四人の兵士』は、一般向けに刊行された作品としては四作目の小説にあたり、二〇〇三年にメディシス賞を受賞。また、二〇〇五年には、アジア主要都市のフランス人学校に通う高校生が審査する「アジア地域の高校生が選ぶセガレン賞」も獲得し、若い読者からも高い評価を受けている。

主人公は、ロシア赤軍に所属する、個性もさまざまな四人の青年たち。ルーマニア、ポーランド両軍から敗走する途中で偶然出会った彼らは、抜群のチームワークと創意工夫で極寒の冬を乗り越え、モミの林のはずれでひとときの休息を楽しむことになる。出発の日が刻一刻と近づくなか、志願兵の少年を仲間に加えた四人は、少年に「あること」を託すのだが――。

〈四人の兵士〉のひとりである語り手のベニヤは、冬の森で起きた過酷な出来事については詳しく語ろうとせず、つかのまの休息、戦場と戦場にある凪《なぎ》のような時間に焦点を当てる。彼が取り上げるのは、いずれもささやかで他愛もないエピソードだが、そうしたなんでもないような事柄のひとつひとつが、慈しむように語られてゆく。孤児のベニヤが、三人の仲間——パヴェル、キャビン、シフラ——と出会えた喜び。野営地で繰り広げられる、おかしくもせつない日常のひとコマ。四人にとっての聖地のような、静かに水を湛えた沼……。四人の兵士は、そうした日々を一見淡々と過ごしながら、無邪気に笑い、ふざけあい、いたわりあうが、内心では、冬の記憶や出発の知らせに怯えてもいる。

マンガレリは、四人の心情をあからさまに描くのではなく、しぐさやまなざし、無言劇のような言葉のないやりとりのなかに巧みに浮かびあがらせる。浮かんでくるのは、かけがえのない仲間と過ごす日々の喜び、そして時間の不可逆性や孤独に対する普遍的な悲しみだ。いいかえれば、彼らはそんな悲しみの底にいるからこそ、なるべく愉快に、心地よく日々を過ごそうとしているのかもしれないし、そう考えると、彼らの暮らしぶりが、むしろ戦争の狂気や集団の喧騒にまきこまれないための静かな抵抗であり、生き抜くための唯一の方法であるようにも思えてくる。物語は終盤にいたって急激に加速し、圧倒的な結末が読者を待ち受けている。しかし、その結末を経たあと、中盤で語られた四人の静かな生活、ほとんど名前しか持たない、小さな人間たちの喜びと悲しみが、新たな美しさを帯びてくるのだ。

ヌーヴェル・オプセルヴァトゥール誌は、本書について次のような書評を載せている。

「(ベニヤの語りには)〈文学的〉なところはない。彼が語るのは思想や感情よりも、出来事が中心だ。(……)しかし、表面的には取るにたりない、些細なことが書かれているにもかかわらず、そこから漂ってくるのは孤独と迷いの織りなす、途方もなく詩的な世界である」(二〇〇三年四月二四—三〇日号)

この評に書かれているとおり、ベニヤの語りには「〈文学的〉なところはない」。つっかえつっかえ、不器用に行きつ戻りつしながら、うろうろと進んでゆくその語り口は、ときにひどく舌足らずで、ときにおそろしくまわりくどい。しかし、その剝きだしの言葉に辛抱づよくつきあっているうちに、そこにはなにか並々ならぬ思いがひそんでいることがわかってくる。そしてさらに読みすすむと、その不器用な語りが、言葉によってつなぎとめなければどこかに消えてしまうもの、いや、消えることすらできず、宙に浮いたまま鬼火のようにさすらうしかないものを鎮めようともがく、悲痛な祈りのようにも感じられてくる。

マンガレリは、ぎりぎりまで言葉を切りつめた、ほとんど散文詩のような素朴な語りを持ち味としているが、この小説で採用した文体は、素朴を通り越してむしろ荒々しいほどだ。そのような形式は、この物語の内容に要請されたものであるともいえるし、また「語ること」、書くという行為そのものがテーマであるともいえる。訳者としては、マンガレリの卓越した語りを日本語版でも感じていただけることを願わずにはいられない。

本書の背景となる具体的な年代については、本文を読むかぎりでは特定できないが、原典の裏表紙には「一九一九年」と明示されている。しかし、マンガレリ自身は、インタビューのなかで「私は一九一九年と設定しましたが、これは私だけが知っていればいいことです」と語っているため、おそらく裏表紙の表記は作者の意図ではないのだろう。

マンガレリがなぜ一九一九年に設定したのかは定かではないが、ロシアの兵士を主人公に選んだのは、一九二一年生まれのイタリア人作家、マリオ・リゴーニ・ステルンの影響があるようだ。マリオ・リゴーニ・

ステルンは第二次世界大戦時にイタリア兵としてロシア戦線に従軍。冬のロシアの過酷な敗走体験や、「敵」であるはずのロシア兵との人間的な交わりを記録した『雪の中の軍曹』（大久保昭男訳、草思社刊）は記録文学の傑作として名高く、また『雷鳥の森』（志村啓子訳、みすず書房刊）をはじめ、戦後、ヴェネト地方アシアーゴに帰郷して自然との共生を描いた作品群は世界中の読者に親しまれている。マンガレリはインタビューのなかでリゴーニ・ステルンを「忘れられない作家」だと語り、二〇〇〇年刊行の『おわりの雪』においては「アシアゴ通り」という、リゴーニ・ステルンへのオマージュらしい地名を使用してもいる。また『四人の兵士』刊行後の書評では、マンガレリの素朴な文体や、山村で暮らしながら執筆活動をおこなうライフスタイルについてリゴーニ・ステルンと比較するものもあった。しかし、それでもなお両作家の作品はまったく異なっているといわなければならない。リゴーニ・ステルンが、「私は小説家ではなく、事実のみを語る語り部だ」と自身を位置付けているのに対し、『四人の兵士』は記録文学的な要素は少しもなく、むしろ寓話的な雰囲気さえ漂うフィクションだからだ。

　だが、「フィクション」とはいえ、本書は、ただ想像力のみを駆使した小説だと断定することもできない。マンガレリの経歴を見ると、十七歳で海軍に入隊し、三年間の軍隊生活を送ったことが書かれており、その経験が作品になんらかの影響を及ぼしていることが推察されるからだが、これについてはマンガレリ自身が次のように述べている。

「どうしたら敵のまっただ中で生き延びることができるのか？　軍隊は私にとって、まさに敵のまっただ中にいるようなものでした。この状況をどうやって乗りきるか？　どうすればサバイブできるのか？　『四人の兵士』の設定は、私の船上生活とは異なりますが、それでも彼らは私と同じ問題を抱えているのです」

さらに彼は、二十歳で海軍を徐隊したあと、二人の仲間とともに一年にわたってヨーロッパ各地を放浪、それから三十三歳で作家デビューするまでさまざまな職を転々としたという。こうした経歴を加味するなら、『四人の兵士』は純然たるフィクションというよりも、彼が小説を書くまでに要した長い準備期間と深いところで響き合う、真摯で切実なフィクションといったほうがいいかもしれない。

マンガレリの初期の作品は、先にも述べたように、少年少女向けの叢書に収められた。基本的なテーマは、閉ざされた世界に住む少年の、外の世界への憧れと旅立ちの不安、父親への深い思慕だが、その背景にはしばしば戦争の影がさし、身近な人との死別も描かれている。

たとえば、九一年に刊行された『風の音』は、第一次大戦終結後の小さな島が舞台だ。主人公である少年ヴァンサンの父親は、心に深い傷を負って戦場から帰還する。沈黙のなかに閉じこもる父親、偏屈で変わり者だが、懐の深い祖父、海難事故で仲間を救えなかったという罪悪感を抱きつづける父の親友セザール。ヴァンサンは、さまざまな思いを胸に秘める大人たちを静かに見つめ、何人かの大切な人を失いながらも少しずつ成長してゆく。

さらに九三年発表の『盗まれた光』は、一九四二年のポーランドに設定されている。主人公の少年エリは、父親に託されたお金を持って、ワルシャワ・ゲットー（ユダヤ人地区）の墓地にひとりで住みはじめる。エリがなぜ父親と離ればなれになったのか、詳しくは説明されないが、そこには日に日に激化するユダヤ人迫害が関係していることが暗示されている。エリの色彩ゆたかな夢と墓地の底しれない暗さ。逆境にあっても明るく純粋なエリと、毎晩エリのもとを訪れる、闇商人の少年ガド。光と影、夢と現実が幾重にも交錯する、美しくも悲痛な物語だ。

マンガレリは、児童文学の作家としてデビューしたものの、最初から子どものための小説を書こうとしていたわけではなかったという。このことについて、彼は次のように語っている。

「私は特定の読者を想定して書くということには関心がありません。私はただ本のために、登場人物のために書いているのです。書くために書く、といってもいいでしょう」

「登場人物のために」という言葉には、マンガレリの資質がよく表れていると思う。彼の小説は、語りが一人称であれ、三人称であれ、いつも作者が登場人物にそっと寄りそっているような印象がある。彼らに感情移入するのでも、突き放すのでもなく、あくまで絶妙な距離を保ちながらその悲しみを共有するというあり方だ。そのため、作者が物語を俯瞰したり、背景をわかりやすく説明することはなく、全編が霧に包まれたようにぼんやりしているのだが、その霧の中心には小さな明かりがぽっと灯っているような控えめなやさしさ、せつなさと温もりが感じられるのだ。それは、「そばにいることしかできない」というせつなさであり、「そばにいてくれる人がいる」という暖かさでもある。このような作者と作中人物との関係は、本書の語り手ベニヤと相棒パヴェルとの関係によく似ているかもしれない。

補足を少し。

ロシア赤軍は、発足したばかりのソヴィエト政府によって一九一八年に創設された。当初は志願制であったが、あいつぐ内戦と外国の干渉戦に対抗するため、同年夏には徴兵制へと移行する。対象となったのは、資本家や地主などの富裕層をのぞく労働者、貧農であり、正式名称は「労働者・農民赤軍」。発足時には、貧農出身の兵士の多くは読み書きができず、軍隊内でのロシア語教育も行われていたらしい。

なお、本書に登場する地名はすべて実在する。ただし、ベニヤとパヴェルがはじめてキャビンに出会ったガリツィアは、現在ではウクライナとポーランドにまたがる地域の歴史的名称で、ガリツィアという名では呼ばれていない。また、ベニヤの出身地であるヴャトカ州は、ロシアの革命家の名にちなんで一九三四年にキーロフ州と改称。入隊前のベニヤが一人暮らしをしていた「河のほとりのカリャジン」は、河のほとりというよりは、広大なヴォルガ河流域にあるが、今ではダムの底に沈み、ヴォルガ河の水面にてっぺんだけ見える鐘楼が観光名所となっているという。

この本を訳すにあたっては、多くの方にお世話になった。貴重なご意見を賜ったみなさま、本書に登場する「沼」と「空」が溶けあったような、美しい装丁を施してくださった後藤葉子さん、米増由香さん、そしていつも心強い相談相手でいてくださる白水社編集部の鈴木美登里さん、ほんとうにありがとうございました。

二〇〇八年六月

田久保　麻理

装丁　後藤葉子
装画　米増由香

訳者略歴
田久保麻理（たくぼ・まり）
一九六七年東京生まれ
慶應義塾大学文学部仏文科卒
翻訳家

訳書
ユベール・マンガレリ
『おわりの雪』
『しずかに流れるみどりの川』
ヒネル・サレーム
『父さんの銃』

四人の兵士

二〇〇八年七月一五日　印刷
二〇〇八年八月一〇日　発行

訳　者 © 田久保　麻理
発行者　川　村　雅　之
印刷所　株式会社　三陽社
発行所　株式会社　白水社

東京都千代田区神田小川町三の二四
電話　営業部〇三（三二九一）七八一一
　　　編集部〇三（三二九一）七八二一
振替　〇〇一九〇 - 五 - 三三二二八
郵便番号　一〇一 - 〇〇五二
http://www.hakusuisha.co.jp
乱丁・落丁本は、送料小社負担にてお取り替えいたします

加瀬製本

ISBN978-4-560-09211-8

Printed in Japan

おわりの雪

ユベール・マンガレリ　田久保麻理 訳

雪深い町で病床の父と暮らす少年は、ある日、一羽のトビに魅了され、それを手に入れるためにつらい任務を引き受ける……。メディシス賞受賞作家による、胸に迫る中編小説。

しずかに流れるみどりの川

ユベール・マンガレリ　田久保麻理 訳

〈ふしぎな草〉が広がる原っぱの真ん中の小さな町。電気も止められてしまうような貧しさのなかで寄り添う父と子は、裏庭に自生する〈つるばら〉でひと稼ぎしようと夢みるが……。

父さんの銃

ヒネル・サレーム　田久保麻理 訳

フセイン政権下の苛酷な状況で、次第にクルド人としての誇りと芸術に目覚めていく少年と、その家族の絆、郷土への想いを描いた話題作。イラクからパリに亡命したクルド人映像作家による自伝的物語。